Thomas Ross
Der Schlitten

AF282587

Thomas Ross

Der Schlitten

Roman

Impressum

Bibliografische Information der Deutschen Nationalbibliothek:
Die Deutsche Nationalbibliothek verzeichnet diese Publikation in der Deutschen Nationalbibliografie; detaillierte bibliografische Daten sind im Internet über http://dnb.dnb.de abrufbar.
© 2023 Thomas Ross
Umschlaggestaltung: Literaturtest, Berlin
Herstellung und Verlag: BoD – Books on Demand, Norderstedt
ISBN: 978-3-7578-8261-7

Weil schließlich Hass und Liebe
die Affekte der Unlust und Lust selbst sind,
so folgt auf gleiche Weise, dass das Streben,
der Trieb oder das Begehren, das aus Hass oder
Liebe entspringt, in seiner Stärke dem Maß des
Hasses und der Liebe entsprechen wird.

Baruch de Spinoza, Ethik, Buch III,
Beweis zum Lehrsatz 37, Reclam-Verlag 2007

KAPITEL 1

Vor Jahren führte ich ein seltsames Gespräch. Ein Mann fragte mich, wie es sei, bei vollem Bewusstsein an seiner eigenen Beerdigung teilzunehmen. Ich lachte verlegen und meinte, dass sich wohl schon viele Menschen mit diesem Gedanken beschäftigt hätten. Wir wüssten es nicht und würden es auch nie wissen. Der Mann lächelte, und ich weiß noch, wie ich mit einem Caipirinha in der Hand auf einem großen, braunen, schon etwas abgenutzten Ledersofa saß und mich ärgerte, weil sein Lächeln etwas Mitleidiges und etwas Trauriges hatte. Erst jetzt verstehe ich, was dieses Lächeln bedeutete. Ich habe am eigenen Leib erfahren, wie es ist, wenn die Seele begraben wird, wenn Asche zu Asche und Staub zu Staub kommt. Das Leben geht weiter, aber es ist das Leben einer Hülle, einer bloßen Existenz, deren Atem längst erloschen war.

Dies ist die Geschichte meiner Katastrophe. Man kann mich der Eitelkeit bezichtigen, man kann mich des Hochmuts beschuldigen, es kümmert mich nicht. Ich habe den Sinn für Nebensächlichkeiten verloren. Aber glauben Sie nicht, ich hätte mich dieser Erzählung bedient, um vor Gericht gut dazustehen, in dem feigen Bestreben, meiner gerechten Strafe zu entgehen. Nein, so ist es nicht. Was ich will, ist Mitgefühl, nicht Verständnis. Urteilen Sie, aber verurteilen Sie mich nicht.

Gleich wird man mich beim Namen nennen, die gesichtslosen Männer an meiner Seite haben sich schon erhoben, bereit, mich in den großen Saal zu führen, wo Recht von Unrecht geschieden wird. Die Geschichte eines schrecklichen Verbrechens erhält ein würdiges Forum; es ist ein Verbrechen, das ein anderes nach sich zog. Meines.

KAPITEL 2

Mein Kopf ist schwer und müde. Was wirklich geschehen ist, ist so ungeheuerlich, dass ich nicht weiß, wo ich anfangen soll. Ich will mich sammeln, mich erinnern. Die Ärzte haben mir geraten, ganz von vorne zu beginnen. Ich weiß nicht. Im Licht der jüngsten Ereignisse erscheint mir vieles unbedeutend. Aber sehen Sie selbst. Hier ist der Bericht.

Meine Kindheit verbrachte ich mit meinen Eltern in einem alten Patrizierhaus am Stadtrand von Konstanz, wo ich auch zur Schule ging. Keine Geschwister, kaum Freunde, eine ereignislose Zeit. Erwähnenswert ist allenfalls, dass ich zu Beginn meiner Gymnasialzeit deutlich mehr Aufmerksamkeit erhielt als manch anderer, ebenso begabter Schüler. Diese Ehre hatte ich meinem Vater zu verdanken, der es sich im Rahmen eines Elternabends offenbar nicht verkneifen konnte, die Anwesenden über meine eigenhändig konstruierte Bewässerungsanlage zu informieren. Er muss es mit Stolz und viel Pathos getan haben, denn wenig später wusste die ganze Schule davon, was mir die Anerkennung des Lehrerkollegiums, aber nur schiefe Blicke der Mitschüler einbrachte.

Als ich mich wenig später mit dem Nachbau physikalischer Experimente beschäftigte und im Zuge dessen erst ein Alkoholthermometer und dann einen Heronsbrunnen konstruierte, schienen meine Eltern gleichsam von den Kräften der Schwerkraft befreit durch Haus und Hof zu schweben. Es dauerte nicht lange, bis mein Vater mit dem Vorschlag an mich herantrat, wenn ich mich schon nicht auf der Stelle bei den umliegenden Universitäten vorstellen wolle, so müsse ich doch angesichts des bei mir zu Tage getretenen Talents wenigstens bei „Jugend forscht" mitmachen. Ich zweifle nicht daran, dass mein Vater, als er mir diesen Plan würdevoll eröffnete, ohne freilich ein Ausscheiden auch nur in Erwägung zu ziehen, mich von Anfang an bis ins Finale phantasiert hatte. Umso tiefer war die Enttäuschung, als ich seinen blumigen Erwartungen trotzte, noch ehe sie in voller Blüte standen. Auch den Lehrern tat ich den Gefallen einer Selbstverwirklichung im Lichtkreis meiner (und damit auch ihrer) Erfolge nicht, ich war mir selbst genug. Ruhm und Anerkennung waren mir gleichgültig. Bei der Lektüre von Newtons Naturlehre ging es mir weniger um den Meister als um die mathematischen Prinzipien, und die jeweiligen Inhalte, mit denen ich mich in diesen prägenden Jahren beschäftigte, befriedigten meine Bedürfnisse voll und ganz.

In der Schule kam man zu dem Schluss, dass ich ein begabter, aber schrecklich störrischer Einzelgänger sei, der mangels sinnvoller Zukunftsperspektiven keiner weiteren Förderung bedürfe. Der Sinneswandel der Lehrerschaft war spürbar, ich nahm ihn mit Erleichterung auf und konnte mich endlich meinem schon früh formulierten Ziel widmen, Naturwissenschaftler zu werden. In Rebellion gegen meinen Vater, der Physiker war, entschied ich mich für Biologie und folgte damit dem Beispiel meiner Mutter. Innerlich blieb ich aber der Mathematik verbunden, wegen ihrer kompromisslosen

Strukturiertheit und argumentativen Klarheit und weil Probleme immer eindeutig lösbar sind. Wie wunderbar erschien es mir bald, den Schwätzern, die von der Unzulänglichkeit naturwissenschaftlicher Erkenntnis besessen waren, durch eine knackige, logisch zwingende Deduktion ein für alle Mal das Maul zu stopfen und ihnen zu beweisen, dass sie mit ihrer fragwürdigen Lust an der Alternative einem naiven Aberglauben aufsaßen, der auf nichts anderem beruhte als auf der Unkenntnis der mathematisch beschreibbaren Struktur der Natur.

Dass die Grundstruktur der Welt durch die Gesetze der Logik erklärbar ist, habe ich nie ernsthaft in Frage gestellt. Warum auch? Die Theorie gibt noch einige Rätsel auf, aber die werden sich mit der Zeit lösen, davon war ich überzeugt. Die Alternativen, die mir philosophische Relativisten während des Studiums aufzutischen versuchten, erinnerten mich immer wieder an meine Erlebnisse in den Sümpfen der norwegischen Tundra, die ich während des Studiums zweimal, im Winter und im Sommer, erfolglos zu durchqueren versucht hatte. In der kalten Jahreszeit unter meterhohem Schnee begraben, in der warmen weich wie ein Küchenschwamm, gab es kein Durchkommen; wo man hintrat, blieb man stecken, so wie die Relativisten immer wieder im Morast ihrer fragwürdigen Argumentationsfiguren stecken blieben. Es dauerte nicht lange, bis ich mich von diesem Geschwätz ab- und mich erfreulicheren Dingen zuwandte.

Genauso klar, zuverlässig und auf wunderbare Weise vorherbestimmt wie das Bild, das ich mir vom Aufbau der physikalischen Wirklichkeit gemacht hatte, war das Lebenspanorama, das sich nun vor mir entfaltete. Dem Studium würde eine Anstellung als Biologe in einem renommierten Forschungsinstitut folgen. Ich, Martin Ultor, würde mich der kybernetischen Modellierung zellbiologischer Prozesse widmen und dazu beitragen, die bis heute unübertroffenen Regel und Steuerkreisläufe der Natur in für den Menschen nutzbare Techniken zu übersetzen. Von meiner Mutter hatte ich die Gewandtheit im Umgang mit Menschen geerbt, und an meinen intellektuellen Fähigkeiten brauchte ich erfahrungsgemäß nicht zu zweifeln, so dass es keinen Grund zu der Annahme gab, dieses Ziel sei zu hoch gesteckt. Über die Möglichkeit des Scheiterns machte ich mir daher keine Gedanken, denn alles Weitere würde sich nun, da der richtige Weg eingeschlagen war, von selbst ergeben. Mit dieser Zuversicht war es nicht verwunderlich, dass ich gegen Ende meines Studiums die angestrebte Stelle in einem großen Biotechnologieunternehmen fand.

Vor allem aber lernte ich Natalie kennen. Sie hatte Veterinärmedizin studiert, weil sie Tiere liebte und es unerträglich fand, dass ihrem Wohlergehen so wenig Bedeutung beigemessen wurde, obwohl sie uns Menschen als Nutztiere und beste Freunde seit Jahrtausenden unschätzbare Dienste leisten.

Das alles interessierte mich herzlich wenig, aber ich ließ mir nicht gleich in die Karten schauen, denn ich fand sie ganz reizend, im klassischen Sinne schön und begehrenswert. Ihre dunklen Mandelaugen bezauberten mich über alle Maßen, der süße Duft ihres kastanienbraunen Haares ließ mich vor Liebe erzittern, und schon bald konnte ich nicht genug bekommen von diesem Duft und dem Zauber, diesem unendlichen Glück in ihrer Nähe.

Nach zwei Jahren des gegenseitigen Kennenlernens traten wir vor den Traualtar. Ein Jahr später wurde unsere Tochter Carolina geboren.

KAPITEL 3

Mit der Geburt unserer Tochter brach eine neue Zeit an. Es gibt so etwas wie eine Neigung, den Nachwuchs zu verherrlichen, und nicht selten kann man beobachten, wie eine verklärte Glückseligkeit von jungen Eltern Besitz ergreift, kaum dass von ihren Kindern die Rede ist. Solche Gefühlsduseleien hatten in meinem Verhalten freilich keinen Platz. Ich fand sie schlicht albern und sagte das auch immer laut, was mir einen schlechten Ruf und schließlich, als ich selbst an der Reihe war, das Gespött meiner Mitmenschen einbrachte. Denn mit dem Erwachen der ersten Charakterzüge meines Kindes war es um mein objektives Urteil geschehen. Von nun an leuchteten die Sterne, Verzückung machte sich breit, und die objektive Realität verschwamm in einer fast biblischen Verklärung. Ich philosophierte über das Wesen meines Kindes, gab bei jeder sich bietenden Gelegenheit Allgemeinplätze von mir, getragen vom Pathos der Liebe, einer Projektion alles nur denkbaren Guten. Ein Arsenal positiv besetzter Adjektive assoziierte ich mit ihr: süß, lieb, lustig, warmherzig und von reiner Unschuld sei sie, frei von Hinterlist, Falschheit und Tücke. Weniger erbauliche Wahrheiten, die nicht selten zum Vorschein kamen, wenn sie, müde und hungrig, sich manchmal wie eine Furie aufführte und mich mit unbändigem Zorn an den Rand der Verzweiflung trieb, hielt ich, wie die meisten Eltern, in den hintersten Winkeln meiner Seele unter Verschluss. Im Interesse des Fortbestands der eigenen Gene sieht man dem Nachwuchs so manche Unannehmlichkeit, so manche Zeit der Entbehrung und des Verzichts gnädig nach. Und das ist auch gut so.

Aber hätte ich das alles noch vor wenigen Wochen offen, frei und ohne Scham aussprechen können? Dass die objektive Wahrheit manchmal hinter der subjektiven zurückstehen muss, weil das Leben es so will? Hatte ich nicht eben noch, meine wahren Gefühle ignorierend, eitel und selbstgefällig in die Welt posaunt, dass das alles Unsinn sei?

Nun, ich habe es getan, in unentschuldbarer Verkennung des wahren Wesens der Beziehung zwischen Eltern und ihren Kindern, ich habe es getan. Den schrecklichen Irrtum erkannte ich erst, als etwas schief gegangen war, als das Schicksal den Grundplan der Natur durchkreuzt hatte. Nie habe ich besser, tiefer und schmerzlicher begriffen, welch unermesslicher Raum sich im gemeinsamen Erleben der Beziehung zu meiner Tochter auftat, als an jenem Tag, als alles zu Ende war. Ich begriff erst, als es zu spät war.

KAPITEL 4

Am 31. März war Carolina nicht von der Schule nach Hause gekommen. Natalie hatte sie wie immer um halb zwei zum Mittagessen erwartet. Carolina war noch nie viel zu spät gekommen, das war nicht ihre Art. Schon im Kindergarten war ihre Vorliebe für Uhren aufgefallen, besonders das Ticken unserer Wanduhr hatte es ihr angetan. Wenn sie sich nach dem Unterricht verplappert hatte, kam sie eben schneller nach Hause, manchmal rannte sie sogar in vollem Lauf. Und wenn das Laufen nicht mehr half, ließ sie sich von den Eltern einer Freundin mit dem Auto abholen. Kurzum, man konnte sich darauf verlassen, dass sie auch in widrigen Situationen einen Weg fand, die Erwartungen der Eltern zu erfüllen. Umso beunruhigender war es, als sie an diesem Tag nicht zur gewohnten Zeit am Mittagstisch erschien. Natalie rief mich gegen zwei Uhr im Büro an. Sofort spürte ich ein heftiges Ziehen in der Brust. Ich suchte nach Erklärungen für das Ausbleiben des Kindes und klang dabei so mitleiderregend, dass Natalie sofort in Tränen ausbrach. War es meine Atemnot oder ihr Schluchzen, das mich zum Handeln veranlasste? Ich weiß es nicht mehr. Irgendwann rief ich bei der Polizei an und bat um eine Vermisstenanzeige.

Ein ungerührter Beamter wies mich mit gespielter Freundlichkeit darauf hin, dass eine Stunde Verspätung kein ausreichender Grund für eine so weitreichende polizeiliche Maßnahme sei. Es fiel mir schwer, dem Mann nicht lauthals die Pest an den Hals zu wünschen, aber Respektlosigkeit wäre in dieser Situation nicht hilfreich gewesen. Also riss ich mich zusammen und erklärte dem Beamten, dass Carolinas Stunde nicht gleichzusetzen sei mit einer Stunde, die irgendein Mensch zu spät kommen könne. Ob ich den Mann überzeugen konnte, ist fraglich, denn das Argument, dass eine Stunde für Carolina einem Tag für den Rest der Welt entspricht, erschien mir selbst übertrieben. Nach einigem Zureden lenkte der Beamte jedoch ein und beendete das Gespräch mit dem Versprechen, sich der Sache anzunehmen. Er werde sehen, was er tun könne.

KAPITEL 5

Was mit Worten nicht gesagt werden kann, wird gewöhnlich in Bildern ausgedrückt. Ich frage mich, ob es sinnvoll ist, diese Bilder zu entschlüsseln. Werden sie dem Vergleich mit der Wirklichkeit standhalten? Werden sie verschwinden, wenn ich sie berühre, werden sie sich im Nichts auflösen wie die flüchtigen Schatten unserer Träume? Ich weiß es nicht, denn ich weiß gar nichts mehr. In meinem Inneren sehe ich das Bild und nichts anderes, das schreckliche Bild eines Albtraums, dessen ich nicht habhaft werden kann; ich blicke in die Tiefe und finde die existenzielle Verlorenheit in einem grenzenlosen Grauen.

Die Tage nach Carolinas Verschwinden waren ein Albtraum in diesem Sinne, ein Zerrbild, von dem wir uns durch rationales Denken, durch konsequente Analyse des Möglichen und Ausschluss des Unmöglichen nicht zu befreien vermochten. Es war ein Albtraum ohne das Bewusstsein des Morgens danach, ohne den süßen Nachgeschmack einer überwundenen Erinnerung, es war der erlebte Horror einer unbarmherzigen Realität, die grausam und unerbittlich jede Hoffnung im Keim erstickte. Angst und Beklemmung wuchsen zu einer ungeheuren Bedrohung, die selbst mein jahrzehntelang geschultes Urteilsvermögen kapitulieren ließ.

Selig sind die, dachte ich damals, die im Spiegel des Schreckens den Verstand verlieren, die dem Wahnsinn verfallen, wenn der Schrecken die Schutzwälle der Seele überwunden und die heilenden Kräfte des Ausgleichs, der Ruhe und der Versöhnung zerstört hat!

Aber weder Natalie noch ich haben diesen Ausweg gewählt. Stattdessen nahmen wir den ungleichen Kampf auf wie David gegen Goliath, nur dass uns der rettende Steinwurf versagt blieb. Wir kämpften in der schrecklichen Gewissheit, dass die Hoffnung nur ein Trugbild war, eine Fata Morgana, eine Gaukelei des Geistes, inszeniert von einem sterbenden Ich. Das Leben an der Grenze des Erträglichen ist nicht lang, und ich verlor es, als unsere Tochter auf einem Waldparkplatz bei Konstanz tot aufgefunden wurde.

KAPITEL 6

Carolina wurde neun Tage nach ihrem Verschwinden gefunden. Sie trug ein gelb gestreiftes Kleid, das über und über mit Frühlingsblumen bestickt war: Tulpen, Narzissen und Vergissmeinnicht. Die Blumen waren frisch und mit großer Sorgfalt auf den Stoff genäht. Benachbarte Blumen waren nie von der gleichen Art, so dass ein Muster aus Farben und Formen entstand, das dem Spiel der Sonnenstrahlen auf dem Waldboden glich. Auf dem Kopf trug sie einen Kranz aus Tannenzweigen, an dem elf Rosen, zehn weiße und eine rote, befestigt waren. Die Stichwunde in der Brust war medizinisch versorgt worden. Wie sich später herausstellte, hatte der Mörder Carolina das Kleid post mortem angezogen und ihr die Wunde, die von sechs Schwertlilienblättern kreisförmig umrandet war, nachträglich zugefügt. Das Kleid verströmte einen Hauch von Lavendel mit anderen natürlichen Düften, als wäre es in ein Bad aus natürlichen Blütenessenzen getaucht worden. Die Schuhe waren auffallend sauber, sogar die Sohlen glänzten, was darauf hindeutete, dass Carolina nicht mehr am Leben gewesen sein konnte, als sie in den Wald gebracht wurde. Spuren sexueller Gewaltanwendung wurden nicht gefunden, dennoch wurde von einem sexuellen Tatmotiv ausgegangen. Carolina lag in einer Mulde, die mit gelben, grünen und roten Eichenblättern ausgelegt war, die der Täter im Herbst zuvor gesammelt und chemisch konserviert haben musste.

Als ich zum Tatort gerufen wurde, um die Leiche zu identifizieren, spielten diese Details keine Rolle mehr. Zitternd bestätigte ich, dass es meine Tochter war, die wie eine Prinzessin aufgebahrt auf ihrem Teppich aus Eichenblättern lag. In ihrem Gesicht spiegelte sich eine erschöpfte Seligkeit, wie die eines Wanderers, der nach langer Reise müde, aber glücklich in der Herberge angekommen ist, und ein tiefer Friede, der mit der Erlösung von großem Leid in ihre kleine Seele gekommen sein muss, und dieser Friede stand in einem ungeheuerlichen Gegensatz zu der bestialischen Abscheulichkeit des Urhebers dieser Szene.

Der Anblick war unerträglich. Ich verlor das Bewusstsein. Im Krankenhaus teilte man mir mit, dass ich plötzlich unter lautem Wutgeschrei um mich geschlagen hätte, so dass man sich gezwungen sah, zur Sicherheit der ermittelnden Beamten und zu meiner eigenen Sicherheit medizinische Maßnahmen zu ergreifen.

KAPITEL 7

Der Fundort befand sich unweit einer Ecke, die mir besonders gefiel. Am Rande einer kleinen Lichtung führte ein Wanderweg vorbei, und etwas dahinter lag im Wald ein mannshoher Felsbrocken, den Wind und Wetter zu einem natürlichen Sessel ausgehöhlt hatten. Man konnte die Füße auf eine Abbruchkante stellen, die durch das Auseinanderbrechen eines Felsstückes infolge der winterlichen Eisbildung in den Spalten entstanden war. So hatte die Natur eine Sitzgelegenheit mit einer etwa sechzig Zentimeter hohen Lehne geschaffen, die angenehmer nicht sein konnte, besonders wenn man sie mit einer Decke auslegte. In der warmen Jahreszeit ging ich jede Woche dorthin, zuerst nur wegen der schönen Umgebung, dann um die Kräfte der Natur zu studieren, die sich beim Betrachten des Steins offenbarten. Bald kam ich auch an kühleren Tagen, aber nur der Himmel weiß, mit welchen Erwartungen ich dies wenige Tage nach Carolinas Verschwinden tat. Vielleicht war es die Hoffnung, an diesem Ort heiterer Gedanken und wunderbarer Empfindungen etwas von der verlorenen Lebensfreude wiederzufinden, jetzt, da nichts mehr davon übrig zu sein schien.

Sofort erinnerte ich mich an die Stunden, die ich mit Carolina hier verbracht hatte, wie wir Pilze gesucht hatten und sie mich auf dem steinernen Thron zum König des Waldes ausgerufen hatte. Sie hatte mir eine Krone aus Zweigen geflochten und mit Eichenblättern bestückt und ein ordentliches Zepter – es war ein schöner Weidenstock – aus einem Strauch gebrochen, damit ich regieren konnte. Dann hatte sie mich von Kopf bis Fuß mit Erde eingerieben, so dass ich vor Schmutz starrte, und wir lachten und tobten wie junge Füchse durch den Wald.

Wenn im Herbst die Berge im Feuer der untergehenden Sonne glühten, hatten wir da nicht Schönheit in Vollendung gesehen? Fühlten wir nicht ehrfürchtig und beglückt die Größe der Schöpfung, wenn sich die Mücken wie von Zauberhand zu Schwärmen zusammenschlossen, als würden lebendige Kohlen durch die Luft schießen, um sich Sekunden später im Nichts zu verlieren? Sobald der Tag sich dem Ende zuneigte, begann der große Zauber, die Zeit märchenhafter, schaurig-schöner Erlebnisse: Knorrige Buchen entließen Trolle in die nahende Nacht, Dryaden entstiegen den Stämmen windgebeugter Eichen, und der Ginsterbusch am Rande der Lichtung war in Wirklichkeit das Tageskleid einer schlafenden Elfe. Ach, wie hatten uns diese Stunden mit süßem Schauer erfüllt! Alles war so lebendig, so greifbar und konkret, kein Augenblick glich dem anderen. Mit kindlichem Entzücken hatten wir die Wunder der Natur geschaut und waren glücklich gewesen.

Aber jetzt tat alles nur noch weh. Die Erinnerungen an Liebe und Zugehörigkeit waren wie Messer, die mir ins Fleisch schnitten. Ich stand am Felsen und weinte, und in meinen

Tränen ertranken die Wunder der Natur. Die sagenhaften Gewächse des Waldes, das sanfte Braun der weichen Erde, die Lichtung mit der Blumenwiese und die tausend Farben des Frühlingslichts – all das war nur noch ein Schatten, eine blasse Erinnerung an eine jäh vergangene Zeit.

Der Wald war fahl und grau, der stolze Hirsch in der Ferne todgeweiht, der Spatz auf dem Ast Katzenfutter von morgen. Modriges Fichtenholz wucherte am Boden, feuchter Morast und kalte Erde kündeten vom nahen Tod. Der halbverweste Kadaver eines Perlhuhns lag im halbhohen Gras und stank fürchterlich. Ich blickte hilfesuchend zum Himmel, der schwer und trüb war wie meine Seele. Eine Weile stand ich regungslos da. Da blähte und wölbte sich plötzlich die Erde unter mir, und unter dumpfem Grollen gebar sie eine Gestalt, so scheußlich und furchterregend, dass ich am ganzen Leibe erschauerte; ich fürchtete, es sei Grendel, der gekommen war, mich in sein dunkles Reich zu entführen. Und ich fühlte, wie all meine Liebe, meine Hoffnung und mein Glaube an das Gute in seinem schwarzen Schlund erstickten.

KAPITEL 8

Im Untersuchungsbericht der Gerichtsmedizin hieß es: „Die Tatmerkmale deuten mit hoher Wahrscheinlichkeit auf ein sexuell motiviertes Tötungsdelikt hin". Die Leichtfertigkeit, mit der dieses Dokument das Leiden meiner Tochter auf ein paar kalte Zeilen reduzierte, war entsetzlich, aber nicht weniger entsetzlich war die Leere, die sich hinter den Worten dieser seelenlosen Technokratensprache verbarg. Die Beamten haben die Sprache ihrer Seele beraubt, sie haben ihr die

Kraft des gesunden, reinen Gefühls genommen, sie haben sie entkernt wie die Pflaumen fürs Kompott. In der Öffentlichkeit ist kein Platz für echte Freude, für geteiltes Leid, für ungeheucheltes Mitgefühl? Aus Gründen der Objektivität des Urteils oder der Vernunft, die das Gefühl für eine Art Gift hält? Das ist in höchstem Maße lächerlich. Denn liegt es nicht in der Natur des Menschen, das objektiv Erfahrbare stets im Lichte eines Gefühls wahrzunehmen, das jeden halbwegs komplexen Sinnesreiz so notwendig begleitet wie die Hitze das Feuer?

Es waren Gedanken wie diese, die mir in den Tagen, in denen die Angst zur Gewissheit wurde, durch den Kopf gingen, ich war empört, ungeduldig, überdreht. Die Polizei machte ihre Arbeit, wie man es von ihr erwarten durfte, aber mir ging alles viel zu zögerlich voran, und ich hätte die Ermittlungen am liebsten selbst in die Hand genommen, was natürlich unmöglich war. Das zuständige Kommissariat schickte einen Spezialisten, der mich nach allen Regeln der psychologischen Kunst zu beruhigen versuchte. Vergeblich. Zwar hielt er meinen Vorwürfen und Beschimpfungen einigermaßen stand, doch am Ende siegte die Verzweiflung. Wenigstens leistete er mir noch eine Zeitlang Gesellschaft; ich nehme an, aus Furcht, ich könnte mir das Leben nehmen.

Man versprach mir Informationen über den Fortgang der Ermittlungen, die aber kaum über das hinausgingen, was in den üblichen Pressemitteilungen zu finden war. Die Ermittlungsarbeit der Polizei dürfe nicht behindert werden, hieß es lapidar.

Die Polizei setzte eine Sondereinheit ein, kontaktierte die umliegenden Gefängnisse und forensischen Kliniken. Ziel war es, Hinweise auf mögliche Flüchtige zu erhalten. Am Tatort wurden Profiler eingesetzt, die versuchten, Tat- und Tatumgebungsmerkmale mit wissenschaftlichen Erkenntnissen über das Persönlichkeitsprofil des Täters in Verbindung zu bringen. Amtshilfeersuchen an andere Bundesländer wurden gestellt und alle verfügbaren Datenbanken über Sexualstraftäter durchforstet. Hundestaffeln wurden in die umliegenden Wälder geschickt, aber keine verwertbaren Spuren gefunden. Die Polizei der Nachbarländer wurde in Alarmbereitschaft versetzt. Im Laufe der Ermittlungen gingen zahlreiche Anzeigen ein, die aber alle ins Leere liefen, darunter auch eine eilig in Auftrag gegebene Genanalyse von mehreren hundert Männern.

Über die Polizeiarbeit hinaus wurde die Suche nach dem Mörder zur Farce. Presse und Fernsehen taten, was sie in solchen Fällen immer tun: Sie versorgten das gaffende Volk mit dem Stoff, der die voyeuristische Gier nach fremdem Leid befriedigt. Dem eigenen, von ängstlicher Unlust beherrschten, unscheinbaren Dasein muss der Schrecken der Vergänglichkeit genommen werden, es muss um jeden Preis an Wert gewinnen. Dieses Ziel wird in der Regel durch die Relativierung des eigenen Elends am noch größeren Elend der anderen erreicht – eine aufgeklärten Menschen unwürdige, aber weit verbreitete Form des Umgangs mit der tief sitzenden, die Schutzwälle philosophischer und religiöser Reflexion niederreißenden und deshalb unerträglichen Angst, dieses Leben könnte tatsächlich, an und für sich, sinnlos sein. Kurzum, die Berichterstattung über die Jagd nach dem Phantom war unerträglich.

Natalie und ich waren bald auf uns allein gestellt. Abgesehen von den zahlreichen Anrufen neugieriger Sensationsjournalisten, die ich brüsk zurückwies, wagte niemand einen ernsthaften Kontaktversuch. Irgendwann lief man sich auf der Straße über den Weg, aber wer es auch war, blickte verlegen zur Seite und machte sich schleunigst aus dem Staub. In der allgemeinen Hilflosigkeit tat niemand das Nötige. Ein Kopfnicken, eine freundliche Hand zum Gruß, eine flüchtige

Berührung hätten genügt, um Mitgefühl zu zeigen, denn es bedarf nicht vieler Worte, um bei den Leidenden zu sein, und noch weniger bedarf es der Worte, wenn der Grund des Leidens so schrecklich, so unfassbar ist.

Aber sie sind alle geflohen und haben uns allein gelassen, weil sie nicht wussten, wie man mit großem Leid umgeht. Für diese Kunst gibt es keine Schule. Erst viel später habe ich verstanden, dass sie gar nicht anders konnten.

KAPITEL 9

Um brauchbare Informationen über den Stand der Ermittlungen zu erhalten, musste ich vorsichtig vorgehen. Mir war klar, dass mein Protest dem Wunsch nach Aufklärung zuwiderlief. Auf keinen Fall durfte die Polizei zu dem Schluss kommen, ich hätte die Kontrolle über mich verloren. Also meldete ich mich nur noch einmal pro Woche bei der ermittelnden Dienststelle.

Der Verzicht auf die täglichen Anrufe hatte jedoch Folgen für die Beziehung zu meiner Frau. Es fehlte ein Gefäß, um unsere Verzweiflung aufzufangen, es fehlte ein Fenster zur Außenwelt, es fehlte die Licht spendende Kraft der täglichen Auseinandersetzung mit den spärlichen Informationen, die uns zur Verfügung standen, es fehlte ein Stück Hoffnung, und es tat sich ein Abgrund auf, den wir beide mit den gleichen untauglichen Mitteln zu überbrücken versuchten.

Bald begannen die gegenseitigen Schuldzuweisungen, und allzu schnell war der Punkt erreicht, an dem die Vorwürfe, mit denen wir uns gegenseitig quälten, unverzeihlich wurden; wir waren am Kern des gemeinsamen Traumas angelangt.

Schon vor Monaten hatten wir für dieses Frühjahr einen Urlaub geplant. In diesem Zusammenhang machte mir Natalie folgende Vorwürfe:

„Wenn du nicht immer nur an deine blöde Arbeit gedacht hättest, würden wir jetzt alle zusammen auf Teneriffa in einem Café sitzen und Cocktails schlürfen. Wir würden im Atlantik baden und ihren Geburtstag am Strand feiern. Und sie würde uns anrufen, mit ihrem eigenen Handy. Du weißt schon, das kleine grüne mit dem coolen Display, das du nie kaufen wolltest, weil du dachtest, sie sei mit ihren acht Jahren noch zu jung dafür. Aber das war sie nicht. Ein paar Monate früher ... wäre sie damit zur Schule gegangen ... man hätte es orten können!"

Ich entgegnete: „Orten? Im Müll vielleicht, oder im See? Du gibst mir die Schuld an Carolinas Entführung? Du spinnst doch. Das wäre alles nicht passiert, wenn du nicht seit Jahren zu faul wärst, sie von der Schule abzuholen."

Ich blickte in ein Gesicht aus grauem Granit. Natalie verließ wortlos das Zimmer.

Am nächsten Tag war sie weg.

Ich kümmerte mich nicht darum, ging stattdessen in die Universitätsbibliothek, ließ mir Bücher über forensische Psychiatrie geben und versank unter der Last der Lektüre bald in eine Art wache Winterstarre, einen durch und durch unwirklichen Zustand. So verharrte ich stundenlang.

Am 25. April rief mich der Ermittlungsleiter an und teilte mir mit, dass man in Stockach einen Mann festgenommen habe, der nach allen bisherigen Erkenntnissen der Täter sein könnte. Er sei im Garten seines Hauses am Stadtrand festgenommen worden. Er habe sich nicht gewehrt und sei freiwillig und merkwürdig heiter in den Wagen gestiegen.

KAPITEL 10

Die Nachricht berührte mich kaum. Merkwürdig, ich hätte doch nach der Verhaftung Erleichterung empfinden müssen, ein Gefühl der Befreiung. Aber dieses Gefühl lebt ja von der Hoffnung, dass der Täter seine Schuld einsieht und sie sühnt. Aber wer gab mir die Garantie, dass dies tatsächlich geschehen würde? Wer konnte mir versichern, wer konnte dafür einstehen, dass der Mörder meiner Tochter die Strafe erhält, die er verdient, und wer konnte dafür bürgen, dass er das Leben in der relativen Unfreiheit einer Gefängniszelle überhaupt als Strafe empfinden würde? War ein solcher Mensch überhaupt in der Lage zu begreifen, was er getan hatte?

Ich steckte in einem Sumpf von Zweifeln: Warum glauben die Menschen eigentlich, dass jemand, der die Normen des menschlichen Zusammenlebens auf so schreckliche Weise gebrochen und damit den unwiderlegbaren Beweis erbracht hat, dass er nicht in der Lage ist, so wahrzunehmen, zu denken, zu fühlen und zu empfinden wie seine Mitmenschen, durch eine einfache Projektion dessen, was Strafe für andere bedeutet, tatsächlich zur Rechenschaft gezogen werden kann? Begriffe wie Sühne, Wiedergutmachung und Ausgleich schienen mir angesichts der Fragwürdigkeit ihrer Anwendung in solchen Fällen völlig unangemessen, und bald beschlich mich der Verdacht, dass sie, gemeinhin als Worthülsen gebraucht, eigentlich ziemlich inhaltsleer sind und letztlich gar nichts zu sagen haben.

Die Beschäftigung mit diesen Dingen quälte mich immer mehr. Abhilfe suchte ich in der philosophischen Interpretation von Rechtsbegriffen. Instinktiv spürte ich, dass die gängigen Denkfiguren der Rechtsdogmatik mir nicht weiterhelfen würden und dass ich eine Lösung finden musste, die dem Rechtsempfinden meines Herzens entsprach.

KAPITEL 11

Drei Tage nach unserem Streit kam Natalie zurück. In meiner Versunkenheit hatte ich gar nicht bemerkt, dass sie ins Haus gekommen war und sich an den Esstisch gesetzt hatte.

Irgendwann sagte sie etwas. Ich erschrak und brachte kein Wort heraus. Ich stand auf, umarmte sie stumm und spürte, wie der sanfte Druck ihrer Hände meine Zuneigung erwiderte. In diesem Moment musste ich weinen, zum ersten Mal seit dem Tod unserer Tochter.

KAPITEL 12

Das Leben mit Natalie war voller Leidenschaft gewesen. Schon bei unserer ersten Begegnung in der Kneipe des Studentenwohnheims, in dem wir beide winzige, fast wie Gefängniszellen eingerichtete Zimmer bewohnten, hatte sich eine magnetische Anziehungskraft zwischen uns entwickelt. Es ist nicht übertrieben zu sagen, dass ich mir schon am ersten Abend eine gemeinsame Zukunft mit diesem Mädchen vorstellen konnte. Nach der zweiten Begegnung in der Mensa beschlossen wir, mit dem Zug in den nahe gelegenen Schwarzwald zu fahren. Natalie war dort aufgewachsen, sie kannte sich aus. Noch nie sei ihr der Wald so hell und weich erschienen wie an jenem Tag, erzählte sie mir später, und noch nie habe der Duft der Bäume so zart und süß gerochen wie auf dem Saumpfad an meiner Seite. Für mich war dieser Tag wie Weihnachten und Neujahr in einem; Momente der inneren Einkehr wechselten mit der ungestümen Leidenschaft einer frischen Verliebtheit und mündeten in Tränen des Glücks. In meiner Verzückung glaubte ich zu schweben und zu tanzen wie die Blätter auf dem Wasser des Baches, an dessen Ufern wir entlanggingen.

Wir kamen zu einem Bauernhof. Es war einer der vielen typischen Schwarzwaldhöfe aus dem 19. Jahrhundert, die in den Fluren am Waldrand liegen. Im vorderen Teil, hinter der bekannten Holzfassade mit den Lauben, befand sich das Wohnhaus, dahinter lagen die Ställe und die strohgedeckten Scheunen, die sich zum Hang hin öffneten.

Das Tor stand einen Spalt offen, und der würzige Duft von frisch gemähtem Stroh drang heraus. Eine Erregung erfasste mich, und ich sah, wie Natalies Augen meine Erregung widerspiegelten. Der Reiz des Verbotenen vermischte sich mit der körperlichen Lust, die nun stark und mächtig über uns hereinbrach und sich mit der köstlichen Angst vor Entdeckung zu einer unwiderstehlichen Leidenschaft verband.

Das Erlebnis im weichen Stroh der Scheune wiederholte sich in ähnlicher Form noch einige Male. Erst ganz allmählich geriet auch diese Beziehung unter die Räder der Zeit. Aber noch heute trage ich die Gewissheit in meinem Herzen, dass es uns gelungen ist, aus dem Moment der ersten Verliebtheit eine reife Liebe zu machen, eine Liebe, die nie stärker war als an dem Tag, an dem unsere Tochter geboren wurde. Diese Liebe war wie ein seltenes Juwel, das wir als Familie in unseren Herzen trugen.

Doch nun, da Carolina fehlte, war alles anders. Der Tod unserer Tochter hat einen Keil zwischen uns getrieben. Das Gift der Entfremdung wirkte langsam, so dass wir nach Natalies Rückkehr und einer aufrichtigen Versöhnung zunächst noch fest an die Heilkraft des geteilten Leids glaubten.

Natalie bemühte sich jedenfalls um Verständigung, und ich bildete mir ein, dass ich das auch tat, aber in Wirklichkeit saßen wir schon lange nicht mehr im selben Boot. Wir waren Schiffbrüchige, die beide Rettung brauchten. In unserer Hilflosigkeit schlugen wir Wege ein, die wie zwei Parallelen nicht mehr zueinander fanden.

Natalie begann, Carolinas Kinderzimmer in eine Art Tempel zu verwandeln. Auf dem Schreibtisch lagen Fotos, die dort nicht hingehörten. Auf dem Stuhl thronte Carolinas Lieblingspuppe, in der einen Hand die Bürste, in der anderen den Spiegel. Vor dem Bücherregal stand plötzlich der Einkaufskorb, den Carolina ein Jahr zuvor eigenhändig in den Keller befördert hatte. Die Märchenbücher der Gebrüder Grimm und von Hans Christian Andersen waren aus der Wohnzimmerbibliothek verschwunden. Jetzt lagen sie in Carolinas Nachttisch.

Das war alles sehr merkwürdig. Ich sprach Natalie darauf an, aber sie hielt es nicht aus. Ich riet ihr, sich professionelle Hilfe zu holen, worauf sie lapidar meinte, das bräuchten wir beide. Während ich mir immer sicherer wurde, dass es niemanden gab, der mich auf meinem Weg begleiten konnte, ging Natalie tatsächlich zum Psychologen. Einmal verbrachte sie nach einer Sitzung den ganzen Nachmittag damit, mir Satz für Satz zu erklären, was der Therapeut gesagt hatte. Hatte ich anfangs noch verständnisvoll auf ihre zunächst vernünftig klingenden, dann aber zunehmend mythologisch verbrämten und pathetisch vorgetragenen Ausführungen reagiert, wich die anfängliche Zuneigung bald einem dumpfen Ärger, den ich im Rahmen der gebotenen Höflichkeit nur mit großer Mühe zu beherrschen vermochte.

Bald hatte ich genug von all dem. Ich machte mich gewissermaßen aus dem Staub. In dem Maße, in dem Natalie meine Nähe suchte, verweigerte ich sie ihr, denn der Gedanke, dass sie nicht meine Nähe suchte, dass es nicht mein Mitleid war, das sie zu erregen hoffte, dass ich also nur als Projektionsfigur für ihren grenzenlosen Schmerz dienen sollte, war mir unerträglich. Überwältigt von der Wucht meiner eigenen Verbitterung war in mir kein Platz für den Schmerz eines anderen. Natalie verstand schnell, was das bedeutete. Ich hatte das Band unserer Liebe zerschnitten und einer unheilvollen Kraft, die sich in meinem Herzen zu entfalten begann, die Erlaubnis gegeben, in unser Schicksal einzugreifen.

KAPITEL 13

Der Mörder wurde in Untersuchungshaft gesteckt. Zum ersten Verhandlungstag war die Presse zahlreich erschienen. Der Fall hatte großes Aufsehen erregt, so dass mit Blick auf Einschaltquoten, Auflagen und Karriereaussichten der Berichterstatter auf eine intensive Berichterstattung nicht verzichtet werden konnte. Viele meldeten sich zu Wort, aber kaum einer hatte etwas Substanzielles zu sagen. Der Inhalt der Statements entsprach dem Niveau sinnloser Fragen. Man hätte besser geschwiegen, wenn schon nicht aus Respekt vor der Toten, dann wenigstens aus Respekt vor sich selbst. Es waren Szenen wie aus Tierdokumentationen. Geier stürzen sich auf den Kadaver, kämpfen um die besten Stücke. Blitzlichtgewitter wie auf dem roten Teppich. Der Höhepunkt einer durch und durch voyeuristischen Verbrecherjagd: Dem Monster wird der Prozess gemacht. Kein Wunder, dass ganz Deutschland glaubte, im Bilde zu sein – aber niemand außer mir wusste von der Lebensfreude und dem wunderbaren Lachen des Mädchens, das er aus dem Leben gerissen hatte. Niemand außer mir wusste, was dieses Monster wirklich getan hatte. Und da spürte ich sie wieder, diese gewaltige Kraft, die mich würgte und knebelte und mich schließlich in einen Abgrund aus brennendem Hass entließ.

KAPITEL 14

In der Nacht nach der Prozesseröffnung erwachte ich aus einem schweren, traumlosen Schlaf, der mir weder Erfrischung noch Hoffnung auf einen besseren Tag gebracht hatte. Kaum aus dem Bett gestiegen, begann ich einen Artikel über die Persönlichkeitsmerkmale von Mördern zu lesen, legte ihn aber gleich wieder beiseite. Ich ging in den Garten, blickte in den sternenklaren Himmel und spürte die Leere in mir. Ich setzte mich auf die Bank und versank in einen Zustand, der mich weder Kälte noch Feuchtigkeit spüren ließ. Und doch: Aus diesem schweren Dämmerschlaf brach die Vorstellung hervor, dass kein Richter, kein Psychiater und kein Volk das Recht habe, über den Mörder zu richten. Ich kam zu der Überzeugung, dass dieses Recht mir allein zustand, dass ich einen natürlichen Anspruch darauf hatte. Ich war der Überlebende des Verbrechens an meiner Tochter. Nur ich konnte das Recht auf Vergeltung haben, nur ich konnte die Strafe bemessen.

War das nicht seit Jahrhunderten so? Ich sah nicht ein, warum sich das je geändert haben sollte, und beschloss, Beweise für meine neue Überzeugung zu sammeln. Ich würde den Richter von den Vorzügen des natürlichen Rechtsgefühls gegenüber allen modernen Strafrechtsideen überzeugen, so geistreich und exquisit sie auch begründet sein mochten. Ich hatte eine Wahrheit gefunden, und sie leuchtete ohne Fehl und Tadel, frei von Falschheit und Arglist. Mit dieser Wahrheit als Unterpfand würde ich in den Gang des Verfahrens eingreifen: Ich würde dem wahren Recht meiner Tochter und meinem natürlichen Recht als Vater Genüge tun.

Als ich erwachte, waren meine Beine steif vor Kälte, aber ich kümmerte mich nicht darum. Beseelt von der Perspektive, die sich mir eröffnet hatte, ließ ich Kälte und Kummer im Mondlicht zurück.

KAPITEL 15

Die Einsicht der Nacht hielt der Prüfung bei Tageslicht stand. Ich korrigiere: Von standhalten kann keine Rede sein, denn ihre Wirkung nahm von Stunde zu Stunde zu. In dem Bestreben, meiner Überzeugung größtmöglichen Nachdruck zu verleihen, fasste ich den Entschluss, den Richter persönlich aufzusuchen. Im Gerichtsgebäude traf ich ihn nicht an, was nicht weiter verwunderlich war; ich hatte es versäumt, einen Termin zu vereinbaren. Ich bat die Sekretärin, mich telefonisch mit ihm zu verbinden, was zwei Tage später auch geschah. Ich teilte dem Richter in kurzen Worten mit, dass ich beabsichtige, an der Verurteilung des Mörders meiner Tochter und an der Festlegung des Strafmaßes mitzuwirken. Der Richter schwieg einen Moment, räusperte sich, wie es manche Menschen unter angestrengtem Nachdenken zu tun pflegen, und antwortete freundlich, aber bestimmt, er wisse um meine emotionale Notlage, könne mein Anliegen menschlich durchaus nachvollziehen, aber das Recht zu urteilen stehe Privatpersonen nicht zu, sondern nur dem Staat. Er machte sich sogar die Mühe, mir die Grundzüge moderner Rechtsnormen zu erläutern, verwies auf die römische Rechtsordnung um 450 v. Chr. und das Zwölftafelgesetz und erwähnte mehrfach die Constitutio Criminalis Carolina von 1532, das erste deutsche Strafgesetzbuch. Unbeeindruckt von diesem etwa zwanzigminütigen Vortrag über europäische Rechtsgeschichte, den ich wegen seiner rührenden Absurdität gerne über mich ergehen ließ, wiederholte ich mein Anliegen. Darauf erwiderte der Richter, es sei weder formal noch moralisch legitim, mich in irgendeiner den Ausgang beeinflussenden Weise am Prozess teilnehmen zu lassen. Er könne einen Täter-Opfer-Ausgleich anregen, halte dies aber angesichts meines außergewöhnlichen Verhaltens – in Anspielung auf meine unbelehrbare Sturheit – für verfrüht. Ich beendete das Gespräch mit einem freundlichen Dank für seine Zeit und Mühe. Schließlich war ich mir bewusst, dass ich mich sonst in eine Position gebracht hätte, die man als noch merkwürdiger hätte bezeichnen müssen, als sie es ohnehin schon war. Das war nicht in meinem Interesse.

Aber viel stärker noch als die Sorge um mein Ansehen bewegte mich etwas anderes: Es war ein glühender Pfeil, der aus den Tiefen meiner Seele in mein Bewusstsein drang: Niemand, absolut niemand würde mich daran hindern, das begangene Unrecht zu sühnen, koste es, was es wolle.

KAPITEL 16

Angesichts der außergewöhnlichen Tatumstände gab der Richter zwei psychiatrische Gutachten in Auftrag, die klären sollten, ob der Mörder im Sinne des Strafrechts aufgrund einer psychischen Erkrankung zur Tatzeit schuldunfähig war oder ob er nur vermindert schuldfähig war, was nach deutschem Strafrecht bedeutete, dass er nicht zu einer herkömmlichen Freiheitsstrafe verurteilt werden konnte. Als Natalie, die als erste davon erfuhr, mir das erzählte, kaute ich gerade ein Stück Brot, das mir prompt im Hals stecken blieb. Es war kein Zufall, dass ich glaubte, zu ersticken, denn der Auslöser war sowohl physiologischer als auch psychologischer Natur. Wie konnte man es wagen, die Schuld dieser Bestie auch nur in Frage zu stellen? Wie kalt, wie menschenverachtend war das moderne Strafrecht geworden, dass es einen Sachverhalt, den jeder Seminarist hätte richtig einordnen können, derart verdrehen und Lösungen vorhalten konnte, die den Tätern Absolution für abscheuliche Verbrechen versprachen und die Opfer in Schande zurückließen.

„Aber wenn sie ihn in die Psychiatrie stecken, dann können sie ihn dort für immer behalten. Aus dem Gefängnis kommt er doch irgendwann wieder raus, oder?"

Natalies Stimme drang wie aus einer anderen Welt zu mir, „… er kommt wieder raus, er kommt wieder raus, er kommt wieder raus."

„Er wird nie wieder rauskommen, nie, nie, nie!", schrie ich, völlig außer mir. „Ich werde dafür sorgen, dass er die Sonne nicht mehr sieht, dieser Bastard, er soll verrecken, das Vieh!"

Natalie starrte mich entsetzt an. Der Sturm war ohne Vorwarnung über sie hereingebrochen. Sie schlug die Hände vors Gesicht, brach in Tränen aus, und ich sah, wie der Schmerz sie schüttelte. Sie weinte lang und anhaltend, aber ich konnte ihr nicht helfen, zu sehr war ich in der wilden Erregung gefangen. Die folgende Nacht war die letzte, die Natalie mit mir unter einem Dach verbrachte. Am nächsten Morgen fand ich einen Zettel auf dem Esstisch:

„Lieber Martin, ich bewundere die Zärtlichkeit und Hingabe, mit der Du Carolina und mich in all den Jahren geliebt hast, und ich bin Dir so dankbar dafür. Wir sind Geschöpfe Deiner Liebe, so wie Du Geschöpf der unseren bist. Aber jetzt ist etwas Schreckliches passiert.

Carolina ist tot und Du hast uns beide verlassen. Ich fühle Dich nicht mehr. Wenn ich Dich ansehe, sehe ich einen Ertrinkenden in einem Strudel aus Wut und Zorn und Hass, ich sehe einen Verlorenen in einem endlosen Labyrinth ohne Licht und ohne Hoffnung.

Ich hasse den Mörder unserer Tochter zutiefst, diesen schrecklichen und bösen Mann, und es fällt mir unendlich schwer, in ihm einen Menschen zu sehen, so sehr verfluche und hasse ich ihn.

Und doch will ich den Glauben an ein Licht am Ende des Tunnels nicht aufgeben. Ich sehne mich nach einer Insel in diesem Meer aus Wut und Verzweiflung und Ohnmacht, aber ich komme nicht an, Dein Hass zieht mich in die Tiefe, ich ertrinke! Ich wäre gerne mit dir den Weg gegangen, aber ich habe nicht die Kraft, die Wut in dir zu besänftigen. Ich suche einen Ort, wo ich neuen Mut schöpfen, wo ich endlich trauern kann. Ich brauche Zeit für diese Trauer, aber Du zerstörst meine Hoffnung auf einen guten Abschied von unserer Tochter, einen Abschied, an dem mein Lebenswillen hängt.

Ich habe mich zur Behandlung in einer psychosomatischen Klinik angemeldet, morgen fahre ich zu meiner Mutter, dann in die Klinik. Wo, kann ich dir nicht sagen. Bitte frag nicht.

Natalie"

KAPITEL 17

Ich legte den Zettel beiseite und schaute aus dem offenen Fenster. Ein Spatz saß auf einem Baum und zwitscherte. Sein Gesang klang seltsam dumpf. Was wollte er mir wohl mit seinem Gesang sagen? Rief er nach seiner Partnerin, vielleicht der ersten in seinem Leben? Hatte er sie im Winter verloren? Hatte sie einen Unfall gehabt, war sie von der Katze gefressen worden? Noch war es kein Klagelied, das er da sang, aber es würde sicher eines werden, wenn die Natur erst ihre harten Wahrheiten offenbarte. Ich schloss das Fenster. Der Spatz war weggeflogen, aber in meinem Kopf sang er munter weiter; zwitscher, piep, zwitscher, piep, piiiieeep, pieeep. Der Gesang nahm an Tempo zu, wurde lauter und lauter, ein endloses Kreischen wie Eisen auf Metall.

Ich hielt mir die Ohren zu und summte laut dagegen an, in ungeordneter Tonfolge zunächst, ohne Takt und Melodie, gegen das Brüllen in meinem Kopf, und dann fiel mir ein: „Fuchs, du hast die Gans gestohlen", und ich schrie es aus voller Kehle, immer wieder schrie ich: „Gib sie wieder her, gib sie wieder her, gib sie wieder her!"

KAPITEL 18

Für Menschen, die aufgrund einer psychischen Erkrankung eine Straftat begangen haben, die ihnen nicht zugerechnet werden kann, sieht das deutsche Strafrecht Maßregeln der Besserung und Sicherung vor. Die Krankheit soll in einem geschlossenen psychiatrischen Krankenhaus behandelt werden, bis der Betroffene geheilt und für die Allgemeinheit ungefährlich ist. Wer während oder nach der Behandlung weiterhin als gefährlich gilt, hat keine Chance auf Entlassung. Dies war also die Alternative zur „lebenslangen" Freiheitsstrafe eines Mörders, die in Deutschland bekanntlich nur in den seltensten Fällen lebenslänglich ist. Doch welche Option war unter dem Gesichtspunkt der Strafhärte zu bevorzugen? Welcher Rechtsweg ließ meine lenkende Einwirkung zu? Es war klar, dass mein Wunsch nach Vergeltung mit dem deutschen Recht nicht in Einklang zu bringen war. Also dachte ich frei über Alternativen nach.

Ich entschloss mich, noch einmal mit dem zuständigen Gericht Kontakt aufzunehmen, verzichtete aber darauf, dies telefonisch zu tun. Der Blickkontakt schafft eine menschliche Nähe, gegen die auch geschulte Paragraphenreiter nicht ankommen. Hinzu kommt, dass eine Stimme am Telefon nicht in dem Maße manipulieren kann wie Gestik und Mimik. Wer zudem in der Lage ist, die Gefühlslage seines Gegenübers zu lesen, hat gute Chancen, sein Ziel zu erreichen.

Also ging ich zum Landgericht. Den Umweg über die Geschäftsstelle nahm ich gerne in Kauf, in den Vorzimmern der Mächtigen werden die Weichen gestellt. Auf meinen durchaus ernst gemeinten Wunsch nach einem weiteren persönlichen Gespräch mit dem Richter wurde mir zunächst ein Termin für die kommende Woche angeboten. Als ich mich jedoch als Vater des Mädchens zu erkennen gab, das auf so schreckliche Weise ums Leben gekommen war, wurde ich gebeten, im Foyer zu warten. Ich bat darum, im Sekretariat Platz nehmen zu dürfen, da es mir nach diesem Schicksalsschlag schwer fiel, allein zu bleiben. Die Sekretärin rutschte etwas verlegen auf ihrem Stuhl herum, richtete ihre Bluse und strich sich die Haare aus dem Gesicht:

„Ich verstehe." Mit einer Handbewegung wies sie mir den Stuhl hinter der Tür zu. „Bitte warten Sie dort."

Kurz darauf unterhielten wir uns. Es ging um nichts Wesentliches, aber die Zeit, die ich in diesem Raum verbrachte, sollte mir noch sehr zugute kommen.

KAPITEL 19

Der Richter kam an diesem Nachmittag ungewöhnlich spät. Er war über meine Anwesenheit im Sekretariat nicht sehr erfreut, wie sein skeptischer Blick zeigte, mit dem er seinen Mantel ablegte. Dennoch ließ er mich vor. Er wies mir einen Platz an seinem Schreibtisch zu, der aus edlem Holz bestand und frisch poliert war. Er war zweifellos ein Mann, der eine gepflegte Ausdrucksweise seines Gegenübers zu schätzen wusste.

Ich entschuldigte mich für mein unangemessenes Verhalten am Telefon, führte es auf meinen labilen psychischen Zustand zurück und versicherte, dass ich nun genügend Abstand von der Sache gewonnen hätte, um die Absurdität meiner Forderungen einzusehen. Der Richter nahm dies freudig zur Kenntnis und sein ruhiger Blick bestätigte mir, dass er nicht an der Aufrichtigkeit meiner Entschuldigung zweifelte. Ich bat um die Erlaubnis, mich von Zeit zu Zeit nach dem Stand der Dinge erkundigen zu dürfen. Der Richter zögerte lange. Als er schließlich zustimmte, sah er irgendwie traurig aus.

KAPITEL 20

Am nächsten Morgen war mir merkwürdig heiter zumute. Es gab zwar keinen Grund für gute Laune, aber da ich von der Arbeit freigestellt war und nichts anderes mit mir anzufangen wusste, beschloss ich, mittags meine Hausbrauerei zu besuchen. Ich bestellte Hirschragout mit Nudeln und trank Bier dazu. Das Essen war reichlich und gut, aber nach der Hälfte war ich satt. Ich bestellte noch ein Glas Bier, trank es in wenigen Zügen aus und bestellte ein drittes. Zu meinem Erstaunen schien sich der Nebel in meinem Kopf mit jedem Schluck etwas zu lichten. Ich begann klarer zu sehen und hatte das Gefühl, der Wahrheit näher zu kommen.

Von meinem Tisch aus hatte ich freie Sicht auf den Braukessel in der Mitte des Raumes. Dahinter war der Kühlraum. Ein Mann ging hinein ... und plötzlich wusste ich, warum ich mich den ganzen Tag schon besser gefühlt hatte.

Die Lösung des Problems war klar wie ein sonniger Herbstmorgen, frei von Falschheit und Selbsttäuschung, rein wie das korrekte Ergebnis einer Rechenaufgabe. Ich würde das Gericht nicht mehr um Informationen anbetteln und mich schon gar nicht auf irgendwelche psychologischen Spielchen einlassen, um irgendein Verständnis für die Motive des Täters zu erlangen. Nein, ein Täter-Opfer-Ausgleich konnte mir gestohlen bleiben, so weit würde es gar nicht kommen. Ich würde das Monster in meine Gewalt bringen und es der einzig gerechten Strafe zuführen, die es verdiente: dem Tod.

Auge um Auge, Zahn um Zahn!

Eine der ältesten Wahrheiten der Menschheitsgeschichte, wie ich nun, endlich vom Schleier humanistisch verbrämter Erziehung befreit, erkannte, viel älter noch als die Heilige Schrift mit ihren abgenutzten Metaphern von Vergeltung, Versöhnung und wahrer Liebe. Die abendländische Kultur hatte sich in der humanistischen Idee verirrt. Das Verhältnis zwischen Schwere der Tat und Strafmaß war nachhaltig gestört, Justitias Waage hing schief, weil sich die postmoderne Gesellschaft den politisch-philosophischen Eskapaden von Leuten unterworfen hatte, die mit klangvollen Worten die Wahrheit verdrehten und einen Begriff des Folgeschadens erfanden, der, den Schmerz der Opfer sträflich ignorierend, materielle Folgen sühnte und seelische straflos ließ.

Wer Unrecht getan hat, muss es sühnen, in Umfang, Form und Intensität, die dem Leid des Opfers entspricht. Die Fliege erliegt dem Schnabelstoß des Vogels, der Vogel dem Angriff der Katze, die Katze stirbt durch Menschenhand. Es gibt unumstößliche, ewige Gesetze der Natur, aber der moderne Mensch hat sie vergessen. Und im Vergessen verliert er sich selbst, beraubt er sich der natürlichen Vernunft seines Wesens. Nur der natürliche Mensch lebt im Einklang mit den Gesetzen des Lebens, er fühlt sie in seiner Seele und handelt, wie die Natur es ihm sagt. Nur in der Erkenntnis seiner wahren Natur begreift der Mensch das ihm angeborene Gefühl für Recht und Gerechtigkeit.

Mit diesem Wissen machte ich mich daran, eine erfolgversprechende Strategie zu entwickeln. Dies erwies sich jedoch als schwieriger als erwartet. Bei näherem Hinsehen tauchten eine Reihe von Problemen auf, die jeweils nach einer adäquaten Lösung verlangten. Ich beschloss, die Sache als wissenschaftliche Herausforderung anzugehen. Zunächst galt es, die richtigen Fragen zu formulieren. Eine Schlussfolgerung ist immer nur so gut wie die Prämisse und die Regel, die auf sie angewendet wird.

Ich nahm Bleistift und Papier. Was war die Grundfrage, wo war der Anfang dieser Kette von Fragen und Antworten, die folgerichtig zum angestrebten Endpunkt, der Tötung des Mörders, führte? Ich spürte ein Hämmern in den Schläfen: Wie sollte ich töten, welche Hinrichtungsart war die richtige? Erschlagen, erstechen, erschießen, erwürgen? Natürlich nichts davon. Eine schnelle Hinrichtung kam nicht in Frage. Die Strafe des Mörders, physisch wie psychisch, musste in direktem Verhältnis zur Schwere seiner Tat stehen. Ich starrte auf mein leeres Blatt Papier. Zuerst musste ich mir überlegen, wie ich des Mörders habhaft werden konnte. Doch dazu kam es nicht, denn der Alkohol veränderte mein Denken. Gedankensplitter rasten wie Rennwagen durch meinen Schädel, immer wieder an Start und Ziel vorbei, immer im Kreis, ohne Boxenstopp, ohne Reifenwechsel. Ich roch meinen schlechten Atem auf dem noch schneeweißen Blatt und spürte, wie meine Augen tränten.

Ich fand die Lösung nicht. Nicht einmal die Antwort auf meine Ausgangsfrage wollte mir gelingen. Da griff ich nach dem noch halb vollen Glas, ging zur Toilette und schüttete den Inhalt ins Pissoir. Das war das letzte Mal, schwor ich mir, dass ich mir bei der Umsetzung meines Planes selbst im Weg stehen würde.

KAPITEL 21

Der Entschluss, den Mörder zu töten, war ein Befreiungsschlag – mein Befreiungsschlag. Die nächsten Tage waren leichter, zwar nicht so unbeschwert wie vorher, aber irgendwie heller, zarter, luftiger. Ich kehrte an meinen Arbeitsplatz zurück, tat aber nur das Nötigste. Ich ließ das Telefon klingeln, beantwortete Kundenanfragen per E-Mail, nahm die Forschungsergebnisse anderer Arbeitsgruppen kaum zur Kenntnis, ließ Produktentwürfe liegen und korrespondierte unregelmäßig mit meinen Kollegen. Ich rechnete damit, dass es eine Weile dauern würde, bis mein „Kredit" aufgebraucht war, und noch länger, bis Konsequenzen gezogen würden. Schließlich wussten alle Bescheid, und selbst die Klienten, die nach mehreren erfolglosen Kontaktversuchen bei den Kollegen landeten, hielten sich mit Beschwerden zurück, als sie erfuhren, dass ich der Vater des ermordeten Kindes war, das ganz Deutschland aus den Medien kannte.

Ich hätte also beruhigt sein können, war es aber nicht. Das Problem war – Zeit. Ich brauchte Zeit, um einen Aktionsplan zu entwickeln, aber ich wusste nicht, wie viel. Außerdem hatte ich keine Vorstellung davon, wie groß das Zeitfenster nach einer erfolgreichen Entführung sein würde, wenn die Polizei fieberhaft nach dem Flüchtigen fahndet. Der Mörder saß in Untersuchungshaft, die Beweisaufnahme vor Gericht war abgeschlossen, psychiatrische Gutachten waren in Auftrag gegeben. Es gab Richtwerte für die Dauer eines solchen Verfahrens, aber ich wusste nichts Genaues darüber.

Ich entwickelte ein Szenario mit zwei Hauptachsen: Erstens ein Schnellverfahren. Es würde in wenigen Wochen, vielleicht in wenigen Tagen abgeschlossen sein. Der Mörder würde zu einer Haftstrafe verurteilt, die wahrscheinlich, aber nicht sicher, in Ravensburg verbüßt würde, eventuell auch in Freiburg, wo die meisten Gewalttäter mit langen Haftstrafen einsitzen. Sollte das Gericht jedoch eine Schuldunfähigkeit feststellen, was absurd, aber möglich war, käme die Unterbringung in einem psychiatrischen Krankenhaus in unmittelbarer Nähe von Konstanz in Betracht. Möglich, wenn auch weniger wahrscheinlich, war die Unterbringung in einer anderen, vom Wohnort des Täters weiter entfernten Einrichtung. Schon bei dieser einen Variante ergab sich also eine Gleichung mit mehreren Unbekannten.

Zweite Hauptachse: Ein langsames Verfahren könnte Monate dauern. Angesichts der Schwere des Verbrechens musste der Tathergang detailliert aufgearbeitet werden, mehr noch als in weniger publikumswirksamen Fällen. Da die Frage der Zurechnungsfähigkeit ohnehin bereits aufgeworfen war, musste mit der Einholung weiterer psychiatrischer Gutachten gerechnet werden, ein zeitaufwändiges Verfahren, das sich bei widersprüchlichen Ergebnissen unter Einbeziehung von Dritt- oder Viertgutachten über Monate hinziehen konnte.

Auch hier führte eine einzige Variante zu einer Gleichung mit mehreren Unbekannten. Hinzu kam, dass die Frage, wie ich des Mörders habhaft werden konnte, immer noch nicht beantwortet war. Und wenn ich das endlich wüsste, welche Vorkehrungen müsste ich in Abhängigkeit von der Hauptvariante treffen? Und was würde danach geschehen?

Ich zwang mich, die Beantwortung der letzten Fragen vorerst zurückzustellen. Ein Schritt nach dem anderen. Wer noch nicht gehen kann, sollte nicht rennen. Variante eins oder zwei, welche war wahrscheinlicher, auf welche sollte ich setzen? Um nicht plötzlich in Zugzwang zu geraten, musste ich mich entscheiden, und zwar sofort!

Ich überlegte und entschied mich: Variante eins. Die Erwartungshaltung der Bevölkerung sprach für einen schnellen Prozess, ebenso der Druck der Medien, die den Mörder hinter Schloss und Riegel sehen wollten, bevor in Vergessenheit geriet, wessen er überhaupt beschuldigt wurde. Das waren starke Motive. Der Druck der Öffentlichkeit würde vor Gericht Wirkung zeigen. Also war Eile geboten.

KAPITEL 22

Mit der Eile wuchs der Druck auf meine geistige Arbeit. Bei aller Intensität durfte ich das Wesentliche nicht aus den Augen verlieren. Ich musste mein wichtigstes Werkzeug, meine kühle, emotionslose Intelligenz, mit der ich eine Schneise in diesen Dschungel aus wahllos sprudelnden Ideen schlagen wollte, von störendem Ballast befreien, es unbedingt sauber halten. Wenn ich mich im Labyrinth der Möglichkeiten verhedderte, musste ich zum Ausgangspunkt zurückkehren, den Holzweg ausschließen, einen besseren Zugang suchen, Chancen abwägen und Risiken abschätzen, ich musste es mit hundert Gegnern gleichzeitig aufnehmen und unbedingt gewinnen.

Im Laufe dieser Überlegungen wurde mir klar, dass ich allein das Vorhaben nicht zum Erfolg führen konnte. Ich würde sogar eine ganze Reihe von Helfern benötigen, denn eine schnelle Vollstreckung der Strafe, etwa durch Erschießen im Gerichtssaal, war wegen der Verhältnismäßigkeit von Verbrechen und Strafe kategorisch ausgeschlossen. Die Einbeziehung anderer barg jedoch erhebliche Risiken. Ich würde mit Personen zusammenarbeiten müssen, die ein hohes Maß an krimineller Energie aufwiesen; anders war dem streng bewachten Mörder kaum beizukommen.

Ich begann also, eine Entführung zu planen, die wie eine Befreiung durch eine kriminelle Bande aussehen sollte.

Über die Möglichkeit, nach vollbrachter Tat entdeckt und verhaftet zu werden, machte ich mir übrigens kaum Gedanken. Mein eigenes Schicksal war mir, wenn auch nicht völlig gleichgültig, so doch von untergeordnetem Interesse; denn ich spürte nur zu deutlich, dass ein Mensch, dem das Schicksal die Seele aus der Brust gerissen hat, der keinen Ausweg mehr sieht, dem jede Hoffnung auf ein menschenwürdiges Leben genommen ist, durch die Androhung einer noch so schweren Strafe ebenso wenig von seinem festen Entschluss abzubringen ist wie ein Mensch, dessen subjektiv empfundener Strafwert nur darin besteht, dass er von dem, was er schon zur Genüge kennt, noch etwas mehr erhält.

Einmal mehr wurde mir bewusst, dass die richtige Methodik der Dreh- und Angelpunkt meines Vorgehens war. Ich musste Varianten in Betracht ziehen, Möglichkeiten prüfen, kurzum eine gründliche Analyse aller Einflussfaktoren vornehmen, die sich auf die Umsetzung des Plans auswirken könnten. Wenn ich eine Variable als kritisch identifiziert hatte, musste ich sowohl den Umfang als auch die Richtung ihres Einflusses auf das Gesamtgefüge bestimmen. Das war eine gewaltige Aufgabe, die nur mit kühlem Kopf, präziser Analyse und einer gehörigen Portion Kaltblütigkeit zu bewältigen war.

Ich nahm einen Stapel Papier, Klebestreifen und Buntstifte aus der Schublade, belegte damit eine Fläche von etwa einem Quadratmeter und begann zu zeichnen. Aus einer Vielzahl von Strichen und Linien zeichneten sich bald die Umrisse eines Entscheidungsbaumes ab, dessen Wurzeln die Ausgangspunkte für verschiedene Varianten bildeten, deren Lösung in der Krone zu finden sein würde. Ich spürte ein warmes Prickeln auf meiner Haut und für einen kurzen Moment huschte ein Lächeln über meine Lippen. Diese Arbeit war die Quelle, aus der ich die Kraft schöpfen würde, das Werk zu vollenden.

KAPITEL 23

Von nun an arbeitete ich Tag und Nacht. Meine erste konkrete Entscheidung betraf den Ort der Ausführung. Es lag nahe, unser Ferienhaus im Tessin in Betracht zu ziehen, einen Ort von großer Abgeschiedenheit und Ruhe. Es lag in vertretbarer Nähe zu Süddeutschland, so dass ich bei Bedarf ohne großen Zeitverlust pendeln konnte. Natalie und ich hatten das Haus vor einigen Jahren mit der Idee gekauft, es später als Altersruhesitz auszubauen. Immerhin war es elektrifiziert, es gab eine Kochnische und zwei Zimmer: ein großes Wohnzimmer mit offenem Kamin und ein kleineres, das als Büro oder Abstellraum genutzt werden konnte. Eine Holztreppe führte auf die Galerie, die als Schlafgelegenheit diente. Durch ein Rundfenster hatte man einen herrlichen Blick ins Tal und auf die schmale Schotterpiste, die hier oben endete.

Für die Verwahrung eines Gefangenen war der hintere Raum geeignet, zumal die Fensterfront nur wenige Meter vom Hang entfernt war und kaum Einblick gewährte. Ansonsten gab es keinen Grund, Störungen zu befürchten: Die nächsten Nachbarn wohnten weit weg, Verbindungsstraßen gab es nicht, der Wald war dicht und unwegsam. In drei Sommern, in denen wir jeweils mehrere Wochen dort oben verbracht hatten, kam niemand vorbei, den wir nicht ausdrücklich eingeladen hatten. Wenn es also gelang, den Verdacht von mir abzulenken, war das Risiko einer vorzeitigen Entdeckung hier oben gering, wenn auch nicht gleich null, zumal Ort, Zeit, Mittel und Personal der Entführung noch nicht feststanden. Die Polizei würde sicherlich zunächst im kriminellen Milieu ermitteln, nach Mittätern suchen, Hinweise auf kriminelle Hintermänner auswerten und erst nach einer vermutlich wochenlangen Orientierungsphase, in der die Hinweise geordnet, priorisiert und interpretiert werden mussten, erkennen, dass sie in eine Sackgasse geraten war. Zudem musste der Polizei der Gedanke an das traumatisierte Opfer einer Straftat im Zusammenhang mit der Befreiung des Täters abwegig erscheinen. Vielleicht würde man mich vorladen und vernehmen, aber bis dahin würde viel Zeit vergehen.

Die Auswahl der Helfer war nicht einfach. Wenn die Polizei einen von ihnen erwischte, würde sie mich wahrscheinlich am Wickel haben, vorausgesetzt, die Helfer konnten sachdienliche Hinweise geben. Also musste ich mir im Vorfeld der Entführung überlegen, wie ich meine Identität verschleiern konnte. In meiner Problemhierarchie ordnete ich dies als Problem zweiter Ordnung ein. Ich setzte ein großes Fragezeichen in das leere Kästchen rechts oben auf meiner Skizze und wanderte gedanklich zurück in das Hinterzimmer des Ferienhauses, das sich mit wenigen Handgriffen in eine Art Verlies verwandeln ließ. Wandregal, Werkzeugkoffer und Putzutensilien müssten entfernt, zwei Eisenketten aus dem Baumarkt an die stabile Außenwand geschraubt und das freie Ende mit Hand- und Fußschellen bestückt werden, die ich problemlos in jedem Sexshop nennenswerter Größe erwerben konnte, ohne Spuren zu hinterlassen.

Ich stellte mir vor, wie die Ratte in der Falle saß und wie sie, ein Haufen verwesendes Fleisch, zu meinen Füßen lag. Dann überlegte ich, wie ich diesem Satan sparsam, aber wirkungsvoll Schmerzen zufügen, wie ich ein Maximum an Leid erzeugen könnte.

Denn eines war mir klar: Abgesehen von der technischen Unterstützung sexueller Aktivitäten zur Intensivierung des Empfindens und Erlebens auf dem Weg zum Höhepunkt, sozusagen als Geburtshilfe für das Göttliche im animalischen Akt, hat in der Geschichte der Menschheit kaum eine Vorstellung die Phantasie der Menschen so sehr beflügelt wie die Evokation größtmöglicher Schmerzen bei einem Artgenossen. So oft die Folter gesetzlich verboten wurde, so wenig wurde sie dadurch abgeschafft. Die Methoden wurden mit der Zeit immer subtiler, aber das eigentliche Ziel, die physische und psychische Zerstörung des Opfers durch Erniedrigung, Demütigung und Vernichtung alles Menschlichen, blieb unverändert. Durch die Tür wurde sie hinausgeschickt, durch das Fenster kam sie wieder herein. Nur ungleich raffinierter als zuvor. Zu keiner Zeit konnte die Vernunft die Maschinerie des Todes wirksam aufhalten. Immerhin haben wir dadurch das Wesen der Folter besser verstanden als je zuvor. Wissen, von dem ich jetzt profitierte.

Von Schlägen, Verbrennungen oder Verstümmelungen an Gliedmaßen und Zähnen über verschiedene Zwangshaltungen im Knien, Sitzen oder Stehen bis hin zu den Möglichkeiten der pharmakologischen Folter, des Schlafentzuges, der Wasserfolter und der Scheinhinrichtung stand eine Vielzahl von Möglichkeiten zur Verfügung. Einige waren für die Anwendung in meinem Ferienhaus ungeeignet, wie das moderne und äußerst wirksame Waterboarding, das ich, auf mich allein gestellt, unmöglich durchführen konnte, oder der Schlafentzug, unter dem ich, wie man sich leicht vorstellen kann, im Rahmen meiner Aufsichtspflicht zweifellos selbst zugrunde gegangen wäre. Dennoch blieben noch zu viele Varianten ...

KAPITEL 24

Die Sekretärin des Landgerichts erwies sich als treue Verbündete. Ich rief sie einmal wöchentlich an, um Verlässlichkeit zu signalisieren, immer am gleichen Wochentag. Gewöhnlich leitete ich das Gespräch mit Fragen nach ihrem Befinden und dessen Zusammenhang mit dem aktuellen Wettergeschehen ein, was mir Wohlwollen eintrug, so dass ich stets Informationen über den aktuellen Stand des Hauptverfahrens erhielt. Von der Informationsseite her fühlte ich mich also gut versorgt, aber eine andere Sache bereitete mir zunehmend Kopfzerbrechen, nämlich die Stagnation meiner Planskizze.

Der Entscheidungsbaum wuchs nicht mehr, er schien keine Triebe mehr zu bilden, keine Wurzeln zu schlagen, und von Blüten konnte keine Rede sein. Einige Kästchen waren mit Fragezeichen versehen, andere blieben ganz leer, und angesichts der unzähligen Querverbindungen zwischen den verschiedenen Optionen sah ich mich außerstande, meine Ideen konsequent zu Ende zu denken. Nach einer Woche intensiven Nachdenkens war ich schlaflos und dementsprechend müde und antriebslos.

Das blieb meinen Arbeitskollegen nicht verborgen, aber sie hatten keine Ahnung, glaubten an einen Rückfall in die Depression nach einer kurzen Phase erfolgreicher Verdrängung und hielten sich weiter bedeckt. Meine Müdigkeit hielt jedoch nicht lange an. An ihre Stelle trat ein nervöses, völlig unkontrollierbares Zittern der Hände, das auch nicht viel besser war.

Ich brauchte dringend eine Pause. Ein paar Tage in der Schweiz würden mir guttun. Eine Zugfahrt würde mir guttun. Das sanfte Rütteln der Waggons und die vorbeiziehende Welt, die das Auge zu einer endlosen Folge von Sakkaden zwingt, hatten mir in der Vergangenheit schon so manche gute Idee beschert. Ich setzte mich also in den Zug und stieg nach einer Stunde in Zürich aus, um den Anschlusszug ins Tessin zu nehmen. Es war Mittag und auf dem Bahnsteig war viel los. Ich ließ mich bereitwillig in den etwas weniger bevölkerten Raucherbereich schieben und blieb unweit eines jungen Paares stehen, das allem Anschein nach eine Vergnügungsreise nach Italien unternehmen wollte. Albernheit ist bei jungen Leuten nichts Ungewöhnliches, aber hier war sie so auffällig, dass sie mir auch ohne die folgende Begebenheit im Gedächtnis geblieben wäre. Ich hatte mich gerade an einen Pfeiler gelehnt, als das Mädchen plötzlich zurückschreckte, das Gleichgewicht verlor und mit einer brennenden Zigarette in der Hand auf mich zu taumelte. Ein höllischer Schmerz durchfuhr mich. Reflexartig zog ich den Arm zurück und stieß das Mädchen um. Der Junge eilte ihr zu Hilfe und murmelte etwas Unverständliches, das wie ein Vorwurf klang, aber eher Ausdruck seines Entsetzens war. Angesichts der Brandwunde an meinem Unterarm wandte ich mich fluchend von den beiden ab. Inzwischen war mein Zug eingetroffen, ich stieg ein, kam aber nicht weit. Ein Zugbegleiter hielt es für das Beste, wenn ich mich sofort in ärztliche Behandlung begäbe, zumal der Schmerz, der sich anfangs auf die Wunde beschränkt hatte, sich nun auf den ganzen Arm auszubreiten begann. Ich stieg in Altdorf aus und ließ mich ins Spital fahren. Noch am selben Abend trat ich die Heimreise an. Die Wunde schmerzte trotz starker Medikamente noch lange. An eine vernünftige Weiterarbeit am Entscheidungsbaum war tagelang nicht zu denken. Ein großer Rückschritt.

KAPITEL 25

Die Wunde heilte langsam, aber die Zwangspause hatte auch ihr Gutes. Sie gab meinem Denken neue Freiheitsgrade. Endlich fügte sich eins ins andere, und was eben noch im Dunkeln lag, trat klar und greifbar aus dem Nebel hervor. Einige Optionen waren ausgeschieden. Eine Befreiung des Mörders aus der Untersuchungshaft war schlicht unmöglich, das konnte nur gelingen, wenn der Ausbrecher in den Fluchtplan eingeweiht war, was hier nicht der Fall war. Ein gewaltsames Eindringen in das Gefängnis schloss ich angesichts der mir zur Verfügung stehenden Mittel aus, eine zu frühe Entdeckung wäre unvermeidlich, ein Scheitern der Operation so gut wie sicher; zu oft war diese Variante schon versucht worden.

Als zweite Möglichkeit kam eine künstlich herbeigeführte Erkrankung des Täters mit anschließendem Krankenhausaufenthalt in Betracht. Eine gezielte Vergiftung mit natürlichen, langsam wirkenden Pflanzengiften, von denen es bekanntlich Hunderte gibt, rückte in den Bereich des Möglichen, da viele von ihnen geschmacksneutral sind. Dazu bedurfte es freilich eines Mitgefangenen, der in der Lage war, den Pflanzenextrakt in der richtigen Dosierung und mit hinreichender Zuverlässigkeit in eine Mahlzeit zu mischen, so dass der Giftcocktail die gewünschte Wirkung erzielte, nämlich eine nur mäßig krankmachende Wirkung, so dass keine Lebensgefahr bestand, aber ein Krankenhausaufenthalt unumgänglich war. Ich war mir sicher, dass ich diese Art von Hilfe gegen eine entsprechende Geldsumme bekommen würde. Im Krankenhaus würde ich mir dann das wohl einzige Zimmer mit Polizeischutz suchen. Das Krankenhaus war nicht sehr groß, es war das einzige in der Stadt und ich kannte es von einigen früheren Aufenthalten. Selbst wenn der Täter in ein anderes Krankenhaus verlegt würde, rechnete ich mit höchstens einer Viertelstunde, um alle Krankenzimmer zu durchsuchen. Mit einem oder zwei Komplizen vor Ort wäre es natürlich einfacher, in ein Zimmer einzudringen, das Bett mit dem Patienten zu entwenden und es auf die Straße zu schieben, wo das Fluchtfahrzeug wartete. Das Wachpersonal müsste mit Elektroschockern bearbeitet werden, weichere Methoden wie die Irreführung durch einen fingierten Anruf, das Weglocken aus dem Krankenzimmer durch Auslösen eines Feueralarms oder andere Ablenkungsmanöver erschienen mir zu riskant und unzuverlässig.

Bis dahin waren meine Gedanken in ruhigem Fahrwasser dahingeflossen, dann brach der Gedankenstrom plötzlich ab. Hilfesuchend klammerte ich mich an meine Notizen, die ich stichwortartig für alle Varianten vorbereitet hatte: Vergiftung – Mutterkorn – Dosis-Wirkungs-Prinzip – Essen – Anwendung in Untersuchungshaft – Helfer 1 – 2.000 Euro – Krankenhaus – Helfer 2 und 3 – Elektroschocker – Fluchtwagen.

Dann zog ich einen dicken Strich über das ganze Feld. Das Risiko war einfach unkalkulierbar. Zu viele Personen waren im Spiel, zu viele Unbekannte mit kaum einschätzbaren Handlungsspielräumen türmten sich vor mir auf. Ich verwarf das ganze Konzept.

Ebenso verwarf ich die Option einer Komplizenschaft im Kreis der Mitarbeiter. Der finanzielle Einsatz wäre sehr hoch zu veranschlagen, hoch genug jedenfalls, um im Falle des Scheiterns mit allen zu befürchtenden beruflichen, finanziellen und sozialen Konsequenzen dem Betroffenen nach einer absehbaren Karenzzeit ein finanziell abgesichertes Leben zu ermöglichen. Die Größenordnung der dafür erforderlichen Summe hing sicherlich von der beruflichen Stellung der in Frage kommenden Person ab, aber Beträge unter einer halben Million würden wohl in keinem Fall ausreichen.

So viel Geld konnte ich aber nicht aufbringen, und es gab auch keine Garantie, dass die Kontaktperson nicht im entscheidenden Moment kalte Füße bekommen und kneifen würde. Dann wäre es aber schon zu spät, ich wäre zu jahrelangem Warten verdammt, bis zum Tag des ersten Freigangs oder der keineswegs sicheren Entlassung (falls er in Sicherungsverwahrung kommen würde).

Allein der Gedanke, dass dieses Monster jemals wieder freigelassen werden könnte, löste bei mir körperliche Symptome aus, von denen das Engegefühl in der Brust noch am leichtesten zu ertragen war. Schwieriger war es, mit den plötzlich auftretenden, hämmernden Kopfschmerzen fertig zu werden, die ich ohne medikamentöse Hilfe für unbeherrschbar hielt. Ich versuchte es mit viel Ibuprofen und Ablenkung durch einen Musiksender im Internet, der Musik aus den 80er Jahren spielte. Die Mischung aus beidem ermöglichte es mir, nach einer zweistündigen Pause meine Überlegungen wieder aufzunehmen.

Die Mitarbeiter des Maßregelvollzugs würden ebenfalls nicht mitspielen, wenn es darauf ankäme. Ganz zu schweigen davon, dass ich mich persönlich ausweisen müsste, um den Deal einzufädeln. Ich käme nicht umhin, meine Identität preiszugeben. Das war ausgeschlossen. Schließlich handelte es sich um Leute, die es sich zur Lebensaufgabe gemacht hatten, dem Verbrechen, wenn nicht die Stirn zu bieten, dann es gut zu verwalten, und das hieß, dass sie schwer zu kaufen waren, zumindest hier in Deutschland, wo Beamte von ihrem Gehalt leben können und nicht wie anderswo auf existenzsichernde Nebeneinkünfte angewiesen sind.

Die nächste Variante lief auf einen schwierigen Kompromiss hinaus, der einiger Rationalisierung bedurfte. Was lange währt, wird endlich gut, sagt nicht der Volksmund? Ich würde also warten, und zwar so lange, bis die Justiz den entscheidenden Schritt angeordnet hätte. Es war ja so gut wie sicher, dass man den Mörder verlegen würde. Wie gesagt: Entweder in den Strafvollzug für Langstrafler oder in eine Maßregelvollzugsklinik. Beide Möglichkeiten erforderten zwangsläufig einen physischen Transport. Bei einer Verlegung in den Strafvollzug hätte ich wohl die schlechteren Karten; ein Zugriff beim Ein- oder Aussteigen in das Transportfahrzeug ist auf gesichertem Gelände praktisch unmöglich, und auf offener Straße wäre ein Überfall so aussichtslos wie ein Anschlag auf einen Geldtransporter. So etwas funktioniert, wenn überhaupt, nur unter Anwendung brutaler Gewalt. Außerdem könnten bei Schusswaffengebrauch Passanten zu Schaden kommen, was nicht in meiner Absicht lag. Aussichtsreicher erschien mir eine schnelle Aktion vor dem Gerichtsgebäude am Tag der Urteilsverkündung, wenn der Mörder aus der Tür tritt und den Weg zum Polizeiauto nimmt. Natürlich musste ich mit bewaffneten Polizisten rechnen und gegebenenfalls Gewalt anwenden, aber da es keine andere Möglichkeit gab, heiligte der Zweck die Mittel.

Den Ablauf einer Entführung vor dem Gerichtsgebäude

stellte ich mir wie folgt vor:

Zwei oder drei Komplizen zwingen die Polizeibeamten mit vorgehaltener Schusswaffe zu Boden, packen den Gefangenen und zerren ihn in ein mit laufendem Motor bereitstehendes Fluchtauto. Neunzig Sekunden dauert die ganze Aktion, eine weitere Minute reicht aus, um ein zweites Fluchtauto zu erreichen, das zweihundert Meter entfernt in einer Grünanlage geparkt ist.

Sollte der Gefangene in der nächstgelegenen psychiatrischen Klinik untergebracht werden, müsste der Zugriff ähnlich schnell und kompromisslos mit zwei oder drei Helfern und unter Verwendung von Waffenattrappen erfolgen. Von der Einsatzzentrale in Konstanz bis zum Krankenhaus würden die Einsatzkräfte der Polizei mindestens fünf Minuten, die der Streifenpolizei mindestens drei Minuten brauchen. Vom Krankenhauspark aus gab es zwei Fluchtwege auf asphaltierten Straßen und einen Waldweg, der sich nach wenigen hundert Metern in zwei weitere verzweigte.

Ich weiß nicht, warum mir unter den vielen historischen Beispielen für die Wirksamkeit des Überraschungsmoments ausgerechnet Alexander der Große einfiel, aber der Gedanke an den großen Feldherrn der Antike beflügelte mich. Von den drei Fluchtwegen könnte einer funktionieren: Die Polizei würde den direkten Weg nehmen und damit höchstwahrscheinlich von Osten kommen, so dass eine Blockade des Feldweges am Nordausgang eher unwahrscheinlich erschien. Und das nahe Waldstück könnte als Versteck für weitere Fluchtfahrzeuge dienen...

Für den Moment reichte mir das. Ich beschloss, die Variante erst im Rahmen eines Gerichtsbeschlusses weiter auszuarbeiten. Man würde mich rechtzeitig informieren.

Ich trank einen Schluck Wasser. Dann machte ich mich an die Auswahl geeigneter Helfer.

KAPITEL 26

In Freiburg gibt es ein Gefängnis für Menschen, die meist lange Haftstrafen verbüßen müssen. In der Regel wegen Gewalttaten. Was ich in der Vergangenheit über diese Menschen gedacht hatte, verdichtete sich nun zu einem lebendigen Bild dessen, was sie antreibt und bewegt, und das sah so aus: Im Zusammenleben im Gefängnis herrschen die dunkelsten menschlichen Triebe: Wut, Hass, Gewalt und bestialischer Egoismus. Soziale Bezüge mit positiver Konnotation existieren praktisch nicht, es herrscht das Recht des Stärkeren, freilich in einer pervertierten Form, die es den Starken nicht erlaubt, die Schwachen so zu behandeln, wie es die Natur vorsieht. Würde man den Dingen ihren Lauf lassen, käme es zu einem Gleichgewicht der Naturkräfte mit einer radikalen Dezimierung derer, die sich nicht durchsetzen können. Diese Menschen haben die Steppe im Herzen, sie säen den Wind und ernten den Sturm der Zerstörung.

Mit dieser Vorstellung vom Wesen dieser Menschen fühlte ich mich gerüstet. Ich vertraute darauf, dass ich ihre Eigenschaften richtig einschätzte, und es waren drei von ihnen, die ich mir zu Nutze machen musste: Gier, Gewissenlosigkeit und Furchtlosigkeit.

Gier ist universell, Gewissenlosigkeit vermutete ich bei Menschen, die wegen Gewaltdelikten im Gefängnis sitzen, und von der relativen Unempfindlichkeit dieser Leute gegenüber sozialen Reizen, die weniger aggressive Zeitgenossen in Angst und Schrecken versetzen, einschließlich der Androhung von Geld- und Gefängnisstrafen, hatte ich mich in der wissenschaftlichen Literatur überzeugt.

Die Psychologie der Gewalt ist aufschlussreich. Das Grundübel ineffektiver Resozialisierungsbemühungen, so war zu lesen, liege nicht darin, dass viele Täter schlechter aus dem

Gefängnis herauskämen, als sie hineinkekommen seien, sondern darin, dass unser strafrechtliches Sanktionensystem nicht wirklich zur Resozialisierung von Straftätern beitragen könne, obwohl es eigentlich dazu bestimmt sei. Warum? Weil der Strafvollzug im Grunde gar keine Strafe sein kann, jedenfalls nicht für diesen Personenkreis und nicht in der naiven Form, wie sich das manche vorstellen.

Das Gesetz spricht eine klare Sprache. Bestraft wird, wer nach geltendem Recht eine Straftat begangen hat. Entscheidend für eine erfolgreiche Resozialisierung durch solche Sanktionen ist aber, dass der Täter die ihm auferlegte Strafe auch als solche empfindet und dass die schmerzliche Empfindung, wenn sie denn tatsächlich eintritt, im Zusammenhang mit dem Verlust von Geld oder Freiheit eine abschreckende Wirkung auf ähnliche, strafrechtlich sanktionierte Handlungen entfaltet.

Aber wer garantiert uns, dass dies tatsächlich der Fall ist? Angst ist eine direkte Folge existenzieller Bedrohung. Ein Mensch, der nicht in der Lage ist, die ihm drohende Strafe im Zusammenhang mit existenzieller Angst wahrzunehmen, kann folgerichtig auch keine Angst vor Strafe entwickeln, da der Schlussfolgerung die Prämisse fehlt.

Erschwerend kommt hinzu, dass die einzige Form der Bestrafung, mit der nachhaltige, wenn auch unerwünschte Wirkungen erzielt werden können, in Interventionen besteht, die in der Lebensgeschichte der Betroffenen mit großer Regelmäßigkeit eingesetzt wurden, wenn es darum ging, unerwünschtes Verhalten zu unterbinden – nämlich gewalttätige! Da haben wir den Salat: Gewalt ist etwas, was die Jungs kennen, und weil sie sich damit auskennen wie mit nichts anderem, wird sie langsam aber sicher zur gewohnheitsmäßigen Antwort auf jede Art von Strafandrohung; es lebe das Gefängnis!

Ich bin abgeschweift, zurück zum Wesentlichen. Wie habe ich diese Erkenntnisse genutzt? Bei meinen Überlegungen, aus welchem Personenkreis ich Helfer rekrutieren könnte, schieden die brutalsten Gewohnheitsverbrecher aus. Mit Leuten, die ihre Impulse nicht unter Kontrolle haben, konnte ich nichts anfangen. Ich brauchte relativ angstfreie Individuen mit ausreichendem Aggressionspotenzial, Leute mit psychopathischen Zügen, die sich aber noch unter Kontrolle hatten. Nach einigem Überlegen legte ich mich auf zumindest durchschnittlich intelligente Räuber über dreißig fest. Von ihnen konnte ich eine gewisse Lebenserfahrung und ein Mindestmaß an Zuverlässigkeit erwarten.

KAPITEL 27

An einem Freitagnachmittag fuhr ich nach Freiburg und nahm in einem Café Platz, das sich ganz in der Nähe des Gefängnisses befand: auf der anderen Straßenseite. Es gehört nicht viel Phantasie dazu, sich vorzustellen, dass ein Gastronomiebetrieb in dieser Lage kein Hochglanzbetrieb ist. Abgesehen von dem billig wirkenden Speiseraum war die Theke nur mit abgepackter Ware bestückt und wohl mit Absicht in einem Farbton gehalten, der je nach Lichteinfall zwischen einem bräunlich angehauchten Grau und dem Nebelweiß deutscher Novembertage changierte. Das Haus war in der für die Architektur der siebziger Jahre charakteristischen Gesichtslosigkeit gebaut und von einer erstaunlichen Schlichtheit, die der des Cafés in nichts nachstand. Ich wusste sofort, dass ich hier richtig war: Es war der bevorzugte Aufenthaltsort derer, die ins Gefängnis kamen oder es verließen.

Ich musterte die Gäste. Eine Frau im grauen Khimar mit ihren Söhnen, Mutter und Tochter, die nur Russisch sprachen. Dann kam eine Gruppe Jugendlicher, die mir mit fünfzehn oder sechzehn Jahren viel zu jung waren, und schließlich ein älterer, grau melierter Herr mit Hut und Stock, der sich offenbar verlaufen hatte. Aber als er wegging, zwei Minuten später vor dem Gefängnistor anhielt und rasch eingelassen wurde, ärgerte ich mich über die verpasste Gelegenheit, half mir aber mit der Überlegung, dass dieser Herr ohnehin keine Kontakte der von mir angestrebten Art vorweisen konnte. Der Mann war bestimmt Anwalt oder Psychologe.

Auch der zweite Besuch verlief ergebnislos, aber beim dritten fiel meine Aufmerksamkeit auf eine junge Frau mit Tätowierungen an beiden Oberarmen und einer kaum zählbaren Anzahl von Knöpfen und Ringen an Ohren, Nase und Lippen. Sie saß in der Ecke am Fenster, ziemlich weit von der Theke entfernt. Es war sicher die Freundin oder Schwester eines Häftlings. Ich sprach sie an.

Die Reaktion kam prompt und feindselig. „Was geht es dich an, was ich hier mache?" „Vielleicht hast du ja Lust auf ein bisschen Kohle", sagte ich ohne Umschweife. Es war klar, dass ich mich dem Gesprächsstil des Mädchens anpassen und schnell auf den Punkt kommen musste. „Kein Sex, saubere Sache."

Für einen Moment schien sie überrascht. Ich nutzte die Gelegenheit und bestellte mir einen Milchkaffee. Ich spürte, dass ich das Interesse des Mädchens geweckt und die Situation unter Kontrolle hatte. „Wie viel Kohle?", fragte sie zögernd und fügte sofort hinzu, dass sie nichts Illegales tun wolle. Ich versprach es ihr. „Ich brauche einen Mann, dem ich vertrauen kann. Er muss gut sein, nicht zimperlich, kein Waschlappen, verstehst du?" Sie verstand nicht.

„Keine Brüche, keine Toten, keine Verletzten, nichts Krasses. Mehr kann ich dir nicht sagen." Ich steckte dem Mädchen einen Hunderter zu. „Für dich ist noch ein Hunderter drin, und für deinen Freund auch, sag ihm das. Wann kommst du wieder?" „Jeden Freitag um zwei", antwortete sie, nun sichtlich beeindruckt von meiner Forschheit. „Gut, dann gehe ich jetzt. Nächsten Freitag um dieselbe Zeit. Ich brauche die Namen und die Entlassungszeit. Für jeden Tipp gibt's einen Hunderter extra für euch beide. Bedingung: Klappe halten. Kein Wort zu irgendjemandem, sonst platzt die Sache, verstanden?"

Das Mädchen sah mich mit angespanntem Gesichtsausdruck an und nickte. „Ja, klar", sagte sie leise, „alles klar."

KAPITEL 28

Um fünf vor zwei betrat ich das Café und setzte mich an einen Tisch in einiger Entfernung von der Theke. Ich hatte mich umgezogen, Jeans und Holzfällerhemd gegen Anzug und Krawatte getauscht. Auch der Dreitagebart war verschwunden. Ich machte einen sehr gepflegten Eindruck. Angesichts der vielen Gäste, die inzwischen hier eingekehrt waren, rechnete ich mir gute Chancen aus, unerkannt zu bleiben. Ich bestellte Kaffee, der zwar schal schmeckte, aber wenigstens heiß war. Was kann man von der Gastronomie neben einem Gefängnis schon mehr erwarten?

Inzwischen zeigte die Uhr fünf nach zwei. Fünf Minuten Verspätung kann jeder einmal haben, dachte ich. Kein Problem, wenn es dabei bleibt. Doch nach weiteren zehn Minuten war das Mädchen immer noch nicht da. Ich wurde immer nervöser, fummelte an meinem Krawattenknoten herum, ohne dass dabei etwas in Ordnung gekommen wäre. Auch die Fingernägel mussten wieder herhalten. Immerhin verschaffte mir der Gedanke an die weiß getapten Fingerkuppen eines großen, kürzlich verstorbenen Popstars ein wenig Ablenkung, eine weitere Minute vielleicht, in der die Anspannung das erträgliche Maß nicht überschreiten würde.

Endlich schob sich das metallgesprenkelte Gesicht durch den Türrahmen. Statt Erleichterung, die ich erwartet hätte, durchfuhr mich ein wütender Impuls, der die halb volle Kaffeetasse krachend auf den Boden fallen ließ. Es folgte eine ziemliche Sauerei, die durch die herbeieilende Bedienung und ihre ungeschickten Reinigungsversuche mit dem viel zu kleinen Geschirrtuch geradezu ins Groteske getrieben wurde. Als es endlich vorbei war, hatte das Mädchen schon Platz genommen.

Ich hörte aufmerksam zu.

„Da ist ein Typ, der kommt nächste Woche Mittwoch raus. Vielleicht kommt der infrage."

„Und warum kommt der infrage?" Ein ärgerliches Zittern schwang in meiner Stimme mit. Das Mädchen schien es nicht zu bemerken und fuhr seelenruhig fort:

„Mein Freund sagt, er hat mal ein paar Typen zusammengelegt, für ein paar Kröten, sagt mein Freund, und weil einer seine Ex angemacht hat. Aber er kann auch still sein und zuhören, wenn's sein muss. Und 'nen Bruch hat er mal gemacht, mit zwei Kumpels, wo der eine ihn verpfiffen hat. Hat's aber später bitter bereut, die Ratte ..."

In diesem kraftvollen Jargon redete sie noch eine ganze Weile weiter. Es war nicht viel Brauchbares dabei, außer dass der Mann groß und kräftig war, eine Glatze und eine Narbe auf der linken Wange hatte. Ich war mir nicht sicher, ob der Beschriebene tatsächlich über die erforderlichen Eigenschaften verfügte, aber ich bekundete mein Interesse. Ob sie wirklich sicher sei, dass der Mann in der nächsten Woche entlassen würde? Das Mädchen sagte, was ich hören wollte, und ich gab ihr das versprochene Geld.

„Wenn der Kerl rauskommt, werde ich draußen auf dem Bürgersteig stehen, gleich hier vor dem Café. Ich trage Hut und Mantel und ...", wieder zitterte meine Stimme, „ich brauche noch zwei Männer." „Ich frag nochmal", sagte das Mädchen mit einem herablassenden Lächeln. Meine Bedürftigkeit gab ihr Macht.

„Dann bis nächste Woche." Damit stand sie auf und verließ das Café.

KAPITEL 29

Es war Mittwoch früh, sieben Uhr. Die Nacht zuvor war schrecklich gewesen, nicht wegen der Schlaflosigkeit, die schon zur Gewohnheit geworden war; eine quälende Unruhe war an die Stelle der schlaflosen, aber wenigstens ruhigen Stunden getreten. Wenn ich Angst hatte, dann wegen der Möglichkeit zu versagen, und eines war klar: Ich musste meine Gefühle in den Griff bekommen. Aber wie? In meiner Hilflosigkeit schaltete ich den Fernseher ein und fiel augenblicklich in eine Art Wachkoma, für das das niveaulose Nachtprogramm zwar prädestiniert ist, das aber im Vergleich zu einem gesunden und erholsamen Nachtschlaf eher an eine elektronisch vermittelte Winterstarre erinnert.

Als der Morgen graute, flimmerte der Bildschirm noch. Doch das erste Tageslicht entfachte in mir einen Funken, der mir die Vorbereitung der Fahrt zum Gefängnis erstaunlich leicht machte. Im Auto rekapitulierte ich noch einmal den Tagesplan und analysierte die Haupt- und Zwischenziele. Das ging gut, alles zog schnell an meinem inneren Auge vorbei und mit dem ruhigen Dahingleiten der Gedanken wich die Müdigkeit aus meinen Knochen und ich fühlte mich angenehm energiegeladen.

Gegen sieben Uhr dreißig öffnete sich die Gefängnistür. Ein Uniformierter kam heraus, zündete sich eine Zigarette an und ging wieder hinein. Fünf Minuten später kam ein anderer heraus, ein kleiner bärtiger Mann mit Béret. Er schaute sich kurz um, blickte in meine Richtung und ging dann in nördlicher Richtung weiter. Etwa eine Viertelstunde später kam ein dritter Mann aus der Gefängnistür und stieg sofort in ein Auto, das auf der Straße parkte.

Schließlich verließ ein Mann das Gefängnis, auf den die Beschreibung passte. Er war groß, kahlköpfig, wirkte dominant und grob. Als er auf die Straße trat und mich ansah, wusste ich, dass er der Richtige war. Er wollte gerade die Straße überqueren, aber ich bedeutete ihm mit einer Handbewegung, er solle weitergehen. Ich ging voraus, er folgte mir in einem Abstand von dreißig Metern. Bald bog ich nach links in einen Park ein. Im Schatten einer alten Linde stand eine Bank. Ich legte ein kleines Päckchen darauf, eingewickelt in Papiertaschentücher und Haushaltsgummis. Dann stellte ich mich hinter die Linde und wartete. Der Mann setzte sich und öffnete das Päckchen. Es enthielt dreihundert Euro und einen Zettel, auf dem stand:

„Für dich sind 10.000 Euro drin. Regel 1: Ich bin ein Phantom; Regel 2: Du tust genau das, was ich dir sage; Regel 3: Keine Handys, keine E-Mails, Kommunikation ausschließlich über Notizzettel und öffentliche Telefonzellen; Regel 4: Du arbeitest im Team. Es wird ein Treffen geben; Ort und Zeit werden noch bekannt gegeben; Regel 5: Keine Toten, keine Verletzten. Du bekommst einen Vorschuss von 2.500 Euro, den Rest nach getaner Arbeit."

Der Mann las, und mir zitterten die Knie. Meine Angst war beschämend. Sie war plötzlich und heftig über mich gekommen, wie eine Lawine, die ich selbst losgetreten hatte. Ich hatte das Tor zur Halb- und Unterwelt aufgestoßen, die Grenze zum Hades überschritten, ich hörte die Wellen des Styx plätschern. Ich glaubte den Atem des Charon zu spüren und die kurzen, harten Schläge der Flößerstange auf der Überfahrt in die andere Welt. Mir wurde übel, dann schwarz vor Augen. Trotzdem machte ich den entscheidenden Schritt hinter dem Baum hervor.

„Nicht umdrehen! Auf keinen Fall umdrehen! Wir brauchen noch zwei Kerle. Kannst du die besorgen?" „Kann ich machen", antwortete der Mann nach einer gefühlten Ewigkeit des Überlegens. „Kostet einen Tausender extra. Wann und wo brauchst du die?" Die Übelkeit kroch vom Magen in die Kehle. Ohne Widerstand gab ich nach. „Das mit der Kohle geht klar, ich rufe dich morgen um zwei an, Telefonzelle am Bahnhof, da gibt es weitere Instruktionen."

KAPITEL 30

Die Skizze lag offen auf dem Esstisch. Aufgrund der neuesten Entwicklungen fügte ich ein Organigramm hinzu. Mir schien, dass die Auswahl der weiteren Helfer in engem Zusammenhang mit der Entführung des Mörders stehen musste. Ich überlegte kurz, ein Computerprogramm zu verwenden, entschied mich dann aber bewusst für die mühsame Methode des Ausschneidens und Zusammenheftens von Papierschnipseln. Keine elektronischen Spuren hinterlassen!

Computer können heutzutage Erstaunliches leisten, sie haben schon so manchem Gernegroß den Garaus gemacht.

Gegen neun Uhr dreißig kochte ich mir einen Kaffee und aß ein Stück alten Käsekuchen, der hinter den Joghurtbechern im Kühlschrank verschwunden war und kurz davor stand, umzukippen, mich aber immerhin über Wasser hielt, bis ich um zehn Uhr aufbrach, um mich beim Bäcker mit frischen Sachen einzudecken.

Es war ein milder Tag. Der Duft von Hortensien lag in der Luft, im Hintergrund ein Hauch von Rosen. Unter anderen Umständen wäre es ein schöner Tag gewesen. Aber um das Schöne wahrzunehmen, muss man offen sein. Doch auch wenn das Gefühl der Heiterkeit fehlte, wirkte die Frische dieses Frühsommertages belebend. So ging ich gegen meine Gewohnheit in den Garten, um dort zu frühstücken. Da fiel mir auf, dass der Gartentisch fehlte, und ich ging in den Keller, wo ich ihn bald fand, so dass einem schönen Frühstück im Freien nichts mehr im Wege stand.

Ich setzte mich und betrachtete den friedlichen Garten. Bald hatte ich das Gefühl, auf dem ruhigen Wasser eines stillen Sees zu treiben. Endlich bildete sich aus den Fragmenten meines Plans eine höhere Ordnung, eine Struktur, auf der ich aufbauen konnte. Das Chaos nahm Gestalt an, und ich war glücklich – wie ein Bauarbeiter, der Zement in eine Form gießt, wo er zu einer Mauer erhärtet, eine Mauer, die eine andere trägt, und diese wieder eine andere, und so weiter, bis das Haus fertig ist.

Noch ganz in dieses Bild versunken, hörte ich plötzlich eine Stimme, die mich rief: „Hallo Martin!"

Ich war wie vom Donner gerührt.

„Wir haben geklingelt, aber du hast nicht aufgemacht, da dachten wir, du bist vielleicht im Garten – wir wollten mal vorbeischauen. Sehen, wie es dir geht."

Vor mir standen Amelie und Karl, Freunde aus Studienzeiten. Ich hatte sie einander vorgestellt, jetzt waren sie verheiratet und hatten zwei Kinder.

„Mir, ja, mir geht es gut", stotterte ich und rang um Fassung.

„Wir haben ein paar Mal angerufen", sagte Amelie in ihrer nassforschen Art, die mich schon immer befremdet hatte. Aber noch nie hatte ich sie so gehasst wie in diesem Moment. „Aber niemand hat abgenommen", fuhr sie fort, „wo ist Natalie?"

Meine Verlorenheit war existentiell, ich konnte sie nicht verbergen. Zweifellos gab ich ein jämmerliches Bild ab.

Amelie setzte sich neben mich auf die Bank, während Karl sich mit dem Gartenstuhl begnügte, der als provisorische Ablage für überflüssiges Geschirr daneben stand.

Die beiden nahmen mich in die Zange. Frage folgte auf Frage, alles gut gemeint, aber in der Wirkung fatal. Meine Antworten waren kurz, automatisch, unbedacht, es waren die Reaktionen eines gefangenen Tieres.

„Wann kommt Natalie zurück, wie geht es euch? Können wir irgendwie helfen?"

Dass ihr die Kinder nicht mitgebracht habt, ist schon Hilfe genug, dachte ich, die Schreihälse hätten mir gerade noch gefehlt. Besser, ihr wärt auch nicht gekommen, dachte ich weiter, aber langsam kam ich zur Besinnung und vermied eine offene Brüskierung, indem ich einfach nichts sagte. Das Schweigen war schwer zu ertragen, für Karl und Amelie offenbar noch schwerer als für mich. Sie sahen sich fragend an. Schließlich fragte Karl: „Kommen wir ungelegen?"

„Natalie wohnt nicht mehr hier", sagte ich leise, „ich weiß nicht, wo sie ist, vielleicht bei ihrer Mutter."

„Das tut mir leid", antwortete Karl automatisch, und ein Blick in Amelies ratloses Gesicht verriet mir, dass die Situation sie hoffnungslos überforderte.

„Ich muss auf die Toilette", sagte sie und machte sich auf den Weg ins Haus. Elektrizität durchzuckte meine Glieder. Mit einem Satz sprang ich von der Bank, stolperte vorwärts, verlor das Gleichgewicht und fiel hin.

Ein unendlich fassungsloser Karl half mir auf. Ich aber brüllte nur dumm: „Das Klo ist kaputt!", riss mich los und rannte wie von Sinnen ins Haus, geradewegs auf den Esstisch zu, wo die Skizze lag. Ich fegte sie vom Tisch und stopfte sie in den Wohnzimmerschrank. Amelie stand wie angewurzelt in der Wohnzimmertür.

„Du kannst die andere Toilette benutzen. Oben im Bad."

Sie schaute mich entgeistert an. Sie hatte das Recht dazu. „Du armer Verirrter", schien ihr Blick sagen zu wollen, „das Schicksal hat dir übel mitgespielt."

Karl sprang seiner Frau zur Seite und sprach aus, was sie nicht offen zu sagen wagte.

„Es tut mir leid, dich in diesem Zustand vorzufinden, Martin. Ich hoffe, es gibt jemanden, dem du dich anvertrauen kannst. Ruf uns an, wenn du willst, wir sind für dich da. Ich hoffe, du hast nichts dagegen, wenn wir auch nach Natalie sehen. Wir gehen jetzt besser."

Damit nahm er Amelie bei der Hand und sie gingen schweigend auf die Straße.

KAPITEL 31

Ich musste den Schaden begrenzen. Aber was war eigentlich passiert? Ich war unvorsichtig gewesen, sehr unvorsichtig sogar, und zu allem Überfluss hatte ich mich wie ein Verrückter benommen.

War es möglich, dass Amelie die Skizze bemerkt hatte? War sie schon ins Haus gegangen, als ich an ihr vorbeigestürmt war, um den Plan in Sicherheit zu bringen? Hatte ich mich durch eine Unachtsamkeit im Ausdruck, in der Gestik, durch eine ungenaue Wortwahl verraten? Was würde ich der Polizei sagen, wenn es zu einer Begegnung käme? Sie hatten einen zutiefst verstörten, verwirrten, bemitleidenswerten Mann vorgefunden, einen Mann, dem der Verlust seiner Tochter und seiner Frau über alle Maßen zu schaffen machte, einen Mann, der nicht wusste, wie er sein Schicksal betrauern sollte, der sich in bizarre Manierismen flüchtete.

Ich beschloss, dass die Episode so oder so ähnlich bei Karl und Amelie angekommen sein musste, und schloss daraus, dass dies nicht unbedingt ein Nachteil war, da sie die Skizze nicht gesehen hatte, und wenn, dann nur in Form des Papierknäuels, das ich in den Wohnzimmerschrank gestopft hatte. Zu groß war der gedankliche Spagat zwischen der flüchtigen Wahrnehmung eines zerknüllten Bündels Papier, das ein Geisteskranker von A nach B schleppt, und der Annahme, es handele sich um einen ausgeklügelten Plan zur Entführung und Hinrichtung eines Kindermörders. Selbst die versiertesten Ermittler wären nicht darauf gekommen. Jedenfalls nicht sofort.

Mit dieser Rationalisierung der Ereignisse im Garten wandte ich mich halbwegs beruhigt der Rekrutierung meiner Helfer zu. Ich brachte die Reste des Frühstücks in die Küche, zog mich frisch an, setzte mich ins Auto und fuhr zu der Telefonzelle in Freiburg, die ich als Kommunikationszentrale für den Informationsaustausch mit meinen Helfern auserkoren hatte.

KAPITEL 32

Um fünf vor zwei kam ich in Freiburg an. Die Telefonzelle war nur wenige hundert Meter von einer zweiten am Bahnhof entfernt. Der Fußweg vom Parkhaus führte durch die Innenstadt, die um diese Zeit sehr belebt war. Das kam mir gelegen, denn so war die Wahrscheinlichkeit geringer, dass ich meinem Gesprächspartner plötzlich von Angesicht zu Angesicht gegenüberstand. Zwei Minuten vor zwei betrat ein älterer Herr die Telefonzelle. In seinem Dufflecoat machte er einen weltmännischen und sympathischen Eindruck, so dass ich fast Mitleid mit ihm bekam, als ich die Tür öffnete und ihm in bestimmtem Ton erklärte, dass das Telefon nicht funktioniere, die Telefongesellschaft aber bereits benachrichtigt sei. Wie zum Beweis meiner unsinnigen Behauptung drängte ich mich rücksichtslos zum Telefon vor und klopfte demonstrativ den Hörer auf den Kasten. Der Mann zeigte sich beeindruckt und zog sich zurück, wohl mehr um mir nicht in die Quere zu kommen als aus Überzeugung, und schimpfte lauthals über die Unzuverlässigkeit der heutigen Telekommunikationsunternehmen. Erleichtert wählte ich die Nummer der Telefonzelle am Bahnhof.

„Alles in Ordnung?"

Die Stimme war tief und zuversichtlich.

„Alles in Ordnung."

„Ich nehme an, es kommt noch jemand?"

„Ja, klar. Zwei Kumpels von der Uni." Der Mann spielte das Spiel mit einer Selbstverständlichkeit, die mich verblüffte.

„Okay, dann lass uns alles Weitere im Einstein besprechen. In einer halben Stunde."

„Gut, bis dann."

„Ach, warte noch", fügte ich hastig hinzu, „falls wir uns irgendwie verpassen: morgen um die gleiche Zeit."

Ich legte den Hörer auf die Gabel und machte mich auf den Weg in das besagte Café. Ich bat die Bedienung, einem kräftigen, glatzköpfigen Herrn, der gleich kommen, nach mir fragen und vielleicht auch eine Bestellung aufgeben würde, ein kleines Päckchen zu übergeben. Aus Zeitgründen könne ich das leider nicht selbst machen. Ich drückte der Dame zehn Euro in die Hand und ein in zwei Lagen Geschenkpapier eingewickeltes Päckchen, das eine Tafel Schokolade und einen Zettel enthielt.

KAPITEL 33

Die Nachricht lautete: „Nächste Woche Donnerstag um 22 Uhr im Gasthaus Adler in Freiburg, Partyraum im Keller. Wenn ihr vollzählig seid, kriegst du einen Tausender extra, noch am selben Abend. Fehlt einer, gehst du leer aus. Ich will, dass alle nüchtern sind, wir müssen konzentriert arbeiten. Ich werde euch auffordern, zu gehen. Du bist der Letzte, der den Raum verlässt. Ich lasse dich wissen, wo die Kohle ist, du gehst".

Die Unwägbarkeiten der Notiz waren nicht zu übersehen. Zunächst musste ich mich auf die Zuverlässigkeit nicht nur eines, sondern gleich mehrerer verurteilter Straftäter verlassen; auf Menschen mit Charaktereigenschaften, die mit der Tugendethik der klassischen Antike kaum in Einklang zu bringen waren. Aber wenn die Gier nur groß genug war, würde sie die destruktiven Triebe im Zaum halten und diese Leute, wenn auch nur für kurze Zeit, in fügsame Zeitgenossen verwandeln. Außerdem war ich mir nicht sicher, ob das Versteckspiel, das ich mit ihnen spielen wollte, wirklich funktionieren würde. Natürlich hatte ich mir vorgenommen, meine Identität auf keinen Fall preiszugeben. Ich durfte keine Angriffsfläche für Revierkämpfe bieten, und doch war es unvermeidlich, mit Unbeteiligten in Kontakt zu kommen, etwa mit der Kellnerin im Café Einstein oder jenem bärbeißigen Wirt, der mir seinen alten Gewölbekeller mit Lagerraum, umgebaut zur Partyzone mit Bar, Licht- und Musikanlage, gegen ein geringes Entgelt zur Verfügung gestellt hatte.

Ich beschloss, trotz des Risikos wie geplant weiterzumachen. Ich rief mir in Erinnerung, dass es nicht darum ging, ein perfektes Verbrechen zu begehen, sondern das Zeitfenster, das mir nach der Entführung blieb, zu nutzen, um den Mörder seiner gerechten Strafe zuzuführen. Alles andere war zweitrangig.

Nachdem ich den Brief übergeben hatte, bestellte ich Essen und Getränke und schrieb Einladungen. Alles sollte wie ein richtiges Fest aussehen. Sollte die Polizei jemals davon Wind bekommen und sich wundern, dass ich ein paar Wochen nach dem Tod meiner Tochter eine Party organisierte, würde ich, falls meine Mission bis dahin noch nicht erfüllt war, ein Klassentreffen vorschützen.

Klassentreffen war gut, aber eines war noch besser: Klassentreffen vorbereiten. Immerhin würden nur drei Personen kommen, was dem Restaurantpersonal auffallen könnte. Wenn die Polizei von Ungereimtheiten bei der Planung und Durchführung dieser „Party" erfahren würde, würde sie sicherlich nachforschen; ansonsten, so dachte ich, bestand eine realistische Chance, dass sie es nicht tun würde, zumindest nicht sofort. Im Falle einer polizeilichen Untersuchung dieser Aktivitäten würde sich mein Handlungsspielraum schlagartig auf ein Minimum reduzieren. Dessen war ich mir bewusst.

Aber dann wäre ich eben gezwungen, die Sache schnell zu beenden.

KAPITEL 34

Auf das Treffen im Partykeller hatte ich mich gut vorbereitet. Wäre es nicht ein einschneidender Moment in meinem Leben gewesen – ich hätte mich sicher gefühlt wie damals, als Karl und Amelie zu ihrer Hochzeit ein mittelalterliches Kostümfest veranstalteten. Ich kam als Bettler mit zerzaustem Haar und trockener Erde im Gesicht. Natalie ging als Burgfräulein, aber sie war nur eine von vielen, wie sich bald herausstellen sollte. Die Stimmung war ausgelassen, es wurde viel gelacht, und ein großer Teil des Spaßes lag natürlich an den Rollen, in die wir alle geschlüpft waren.

Doch heute sollte ich eine ganz andere Rolle spielen. Ich hatte mir einen Bart wachsen lassen, die Brille abgenommen, Kontaktlinsen eingesetzt, künstliche Augenbrauen angeklebt, die Haare kurz geschnitten, zwei Ohrringe angesteckt, eine leichte Wollmütze auf dem Kopf. Bekleidet mit einem khakigrünen Trenchcoat und schweren Springerstiefeln. Der angestrebte Typus dieses Auftritts: alt gewordener Halbstarker.

Ich schleppte Essen und Trinken in den Keller, dazu das nötige Geschirr. Gegen 18 Uhr war ich fertig. Die restliche Zeit bis zum Abend verbrachte ich draußen am See. Ich saß auf einer Bank und schaute auf das stille Wasser, in dem sich goldene Strahlen spiegelten. Plötzlich überkam mich eine diffuse Angst. Ein Schwelbrand in der Tiefe meines Bewusstseins, eine Art Prüfungsangst, dunkel und sehr bedrohlich. Ich wusste, dass ich hier und jetzt wenig dagegen tun konnte, dass die Angst erst verschwinden würde, wenn es darauf ankam, im Augenblick der Prüfung. Ich schaute auf den Boden und faltete die Hände. Ich schaute auf die Erde zu meinen Füßen und sprach ein Gebet. Sofort kam ich mir lächerlich vor, denn ich betete nicht zu einem Gott, an den ich nicht mehr glaubte, der mit meiner Tochter gestorben war, auch nicht zu irgendeinem pantheistischen Wesen, nein, ich betete zu etwas anderem, aber ich begriff nicht recht, wer oder was es war. Die Sonne berührte gerade den blutroten Horizont, als plötzlich Carolina vor meinem inneren Auge erschien. Die Erkenntnis, dass sie es war, zu der ich so sehnsüchtig gebetet hatte, ließ mich erschaudern.

KAPITEL 35

Noch ganz unter dem Eindruck des Ereignisses am See betrat ich um 21 Uhr die Bar, überprüfte die Lichtanlage, schaltete die Musik ein und setzte mich an einen Tisch. Nach einer kurzen Verschnaufpause stand der nächste Schritt an. Ich holte einen Laptop aus meinem Rucksack und zwei Powerline-Adapter, um über die Stromleitung ein Internet-Netzwerk aufzubauen. Der Hauptanschluss befand sich im Erdgeschoss in einem Nebenraum des Restaurants. Im Rahmen der Vorbereitungen für diesen Tag hatte ich die Verbindung bereits getestet. Mein Plan war es, im Partykeller, der keinen WLAN-Empfang hatte, ein Netzwerk aufzubauen, über das ich eine Videokonferenz abhalten konnte. Die dafür notwendige Software war auf dem Rechner vorinstalliert, die Hardwareverbindungen mit wenigen Handgriffen hergestellt. Natürlich arbeitete ich mit einem kostenlosen Programm, das im Internet frei verfügbar war. Keine Registrierungen, keine Unterschriften, keine Transaktionen, die polizeilichen Ermittlungen Futter geben könnten. In wenigen Minuten würde ich nach Hause gehen, mich an den Computertisch setzen und pünktlich um 22.15 Uhr die Verbindung zum Partykeller herstellen. Neben dem Computer lag ein Zettel mit Anweisungen für meine Komplizen. Alles war in Ordnung, der Computer funktionierte, die Internetverbindung auch. Ich war beruhigt, dass ich weder auf den Ersatzrechner, den ich für alle Fälle mitgebracht hatte, noch auf den Ersatzadapter zurückgreifen musste. Gegen 21.30 Uhr machte ich mich auf den Weg. Auf der Treppe hörte ich plötzlich Stimmen, die immer näher kamen. Was für ein Schreck! Das waren doch nicht ... Ich hatte doch 22 Uhr gesagt, keine Minute früher!

Ich musste mich vergewissern. Ja, es waren die drei Männer, keine zwanzig Meter vom Restaurant, keine zwanzig Meter von mir entfernt. In Panik rannte ich die Treppe hinunter. Es gab keinen Ausweg, oder vielleicht doch? Ich könnte auf sie zugehen, mich als Mitarbeiter des Getränkemarktes oder des Restaurants ausgeben. Und dann würde ich einfach verschwinden, sie kannten mich ja nicht. Natürlich würde die Party platzen ... aber der nächste Gedanke ließ mich schaudern: Wenn jetzt alles vorbei wäre, die Entführung geglückt, die Entführer auf der Flucht, und wenn jetzt einer von ihnen geschnappt würde, schnell geschnappt würde ... Sie würden mich alle wiedererkennen, eindeutig und zweifelsfrei identifizieren. Das wäre das Ende.

In drei Sätzen erklomm ich die Treppe und schlug die Eingangstür zu. Der Schlüssel steckte noch im Schlüsselloch, von innen, eine Drehung, und die Tür war zu. Und schon bewegte sich die Klinke. Leises Murmeln, ärgerliches Brummen, noch ein Versuch, dann Schritte, die sich entfernten. Vorsichtig stieg ich hinunter. Meine Gedanken rasten im Takt mit dem wilden Hämmern in meiner Brust. Was nun? Ich war hier unten gefangen, ich konnte nicht raus. Aber vielleicht konnte ich mich hier verstecken und warten, bis sie wieder weg waren.

Und vielleicht ... der Rucksack in der Ecke brachte mich auf eine Idee. Ich hatte ja den Ersatzlaptop dabei und noch einen Adapter. Vielleicht war es doch noch nicht zu spät!

Ich nahm mir einen Hocker und ließ mich in der Speisekammer zwischen den bis zur Decke gestapelten Getränkeund Geschirrkisten nieder. Es war dunkel und muffig, eine Glühbirne war beim Rangieren zu Bruch gegangen, die zweite spendete mehr Schatten als Licht. Ein unangenehmer Geruch von ranzigem Bier und ausgetrocknetem Wein hing an den Wänden. Aber es gab eine Steckdose. Ich steckte den Adapter hinein und verband ihn mit dem Laptop. Es funktionierte. Und jetzt die Kamera – ja, die funktionierte auch. Dann noch die Einstellungen am anderen Computer, Bild- und Tontest ...

Um 21.50 Uhr war die Verbindung hergestellt. Das Bild, das der Computer aus der Vorratskammer in den Partykeller schickte, war dunkel und unscharf. Gut so, dachte ich, auf scharfe Bilder konnte ich verzichten. Nur die Tonqualität beunruhigte mich. Sie war gut, hervorragend sogar, so dass ich sehr leise sprechen musste, um hier, nur wenige Meter von den Männern entfernt, nicht sofort aufzufallen.

Ich ging wieder nach oben und lauschte an der Tür. Nichts. Vorsichtig öffnete ich das Schloss, zog den Schlüssel ab und schlich auf Zehenspitzen zurück. Ich wartete. Und quälte mich. Das Warten auf ein Ereignis von subjektiver Bedeutung hat immer etwas Quälendes. Nur dass diese Qual so alltäglich ist, dass man sich ihrer Absurdität kaum bewusst wird. Wie grotesk, wie sinnlos ist das alles, dachte ich, bis das Geräusch der sich öffnenden Tür jeder metaphysischen Betrachtung dieser Groteske ein Ende setzte. Ich hörte, wie sich ein Mann an den Tisch setzte, und da sah ich ihn. Es war der Glatzkopf.

Erst jetzt bemerkte ich das kleine Fenster oben rechts auf meinem Bildschirm. Es zeigte die Silhouette eines Mannes, der Blut und Wasser schwitzend vor einem Haufen alter Kisten und Kartons hockte. „Um Gottes willen", schoss es mir durch den Kopf. „Ich habe meine Kamera angelassen."

Geistesgegenwärtig duckte ich mich. Ich riss ein vergammeltes Stück Pappe aus einem Karton und hielt es mir vors Gesicht.

Halb blind fummelte ich am Computer herum, fand schließlich die Kamerafunktion und schaltete sie aus. Zurück blieb das Bild des Glatzkopfs.

„Da bist du ja", sagte ich mit zitternder Stimme. Mein Herz hämmerte. „Tu, was ich dir sage, und alles wird gut. Wo sind die anderen?"

„Die sind noch oben und warten auf Anweisungen."

„Sie sollen runterkommen und sich hinsetzen."

Ich hatte keine Ahnung, was passieren würde. Nichts war vorbereitet, es hatte keine Generalprobe gegeben, keine Möglichkeit der Korrektur. Ich fürchtete einen hysterischen Anfall. Es ist beeindruckend, wie dumm wir uns manchmal anstellen, wenn es wirklich hart auf hart kommt, wie leicht sich das dünne Band der Vernunft von der Kraft der Emotionen zerreißen lässt.

Ich dachte daran, alles hinzuschmeißen, aus meiner dunklen Höhle auszubrechen und davonzuspringen wie die Gazelle vor dem Geparden, aber es war nur dieser eine, schmerzhaft gedehnte Moment, in dem ich mein letztes Ziel, die Rache, die ich meiner Tochter schuldete, aus den Augen verlor. Dann setzte ich alles auf eine Karte und spielte die Rolle des großen Bruders, der alles hört und sieht und weiß, aber in Wirklichkeit ums nackte Überleben kämpft.

Der zweite Mann war klein, seine Schritte waren schnell und leicht. Aus irgendeinem Grund erwartete ich eine helle Stimme und war überrascht, dass sie der tiefen des Glatzkopfs sehr ähnlich war. Der dritte Mann war fast lautlos hereingekommen. Ich hörte das Klappern eines Stuhls, den er von der Theke genommen haben musste, während die anderen schon saßen.

„Mach die Tür zu und dreh die Musik auf", zischte ich,

„wir brauchen kein Publikum."

„Hey, was ist denn das für einer", platzte der Dritte mit Fistelstimme heraus, „der hält uns wohl für blöd, oder was?"

„Halt's Maul, du Idiot", bellte der Glatzkopf. „Kein Wort mehr von dir, ist das klar?" Er brüllte so laut, dass mir ein Schauer über den Rücken lief:

„Ob das klar ist, habe ich gefragt?" Es war eine Machtdemonstration, auf die es keine hörbare Antwort gab. Schweigen als Zeichen bedingungsloser Unterwerfung.

„Hier sind die Spielregeln", sagte ich mit fester Stimme, aber der Zettel in meiner Hand flatterte. „Jeder von euch bekommt 5000 Euro, 500 heute Nacht. Jeder ist für den anderen verantwortlich. Ist das klar?"

„Verstanden", sagte der Glatzkopf. „Und jetzt sag uns, worum es geht."

Ich holte tief Luft.

„Ihr sollt jemanden entführen, einen Kindermörder. Das kann auf verschiedene Arten geschehen. Hier ist die wahrscheinlichste: Zugriff, wenn der Mörder in eine psychiatrische Klinik verlegt wird. Normalerweise sind drei Polizisten dabei, zwei holen den Gefangenen aus dem Wagen, einer bleibt im Auto. Jetzt kommt euer Einsatz. Einer hält den Fahrer in Schach, der zweite die Polizisten. Der dritte bringt den Mörder zum Fluchtauto. Alles wird gut gehen, die Bullen haben Angst, sie werden sich nicht wehren.

Der Bulle im Auto wird einen Notruf absetzen, das lässt sich wahrscheinlich nicht verhindern. Aber es geht trotzdem. Ihr habt drei Minuten. Es gibt drei Fluchtwege, einen nach Norden, einen nach Süden und einen nach Westen. Ihr nehmt den nach Norden, dort im Wald stehen Fahrzeuge bereit. Ihr wechselt das Auto und verschwindet. Der Rest ist meine Sache."

Ich hatte kaum gesprochen, da brüllte schon einer: „Die

Bullen, er will, dass wir gegen die Bullen antreten. Die Bullen, verdammt noch mal. Scheiße, das mach ich nicht, das ist mir zu heiß."

„Halt's Maul", zischte der Anführer, aber der Mann mit der Fistelstimme kam dem Unterdrückten zu Hilfe: „Mensch Marc, er hat recht, mit den Bullen kannst du nicht scherzen, für einen Bullenmord kriegst du lebenslänglich."

„Also haltet endlich das Maul und nennt mich verdammt nochmal nicht beim Namen, ihr Idioten. Noch ein Wort und ich schlag euch die Schädel ein, kapiert?"

Dann war Ruhe. Die sprichwörtliche Ruhe vor dem Sturm? Was, wenn sie jetzt die Kammer stürmen, mir das Geld aus der Tasche ziehen und einfach verschwinden würden? Mein Kalkül war riskant. Würde die Gier nach dem großen Geld tatsächlich die Angst vor der Polizei überwiegen?

Erst jetzt wurde mir die Tragweite meiner Fehleinschätzung bewusst. Die Verhandlung stand am Scheideweg, die Nerven lagen blank, mein Schicksal lag in den Händen des Zufalls. Endlich ergriff der Anführer das Wort: „Du hast gehört, Chef, wo der Haken ist. Die Bullen sind im Spiel, so haben wir nicht gewettet."

Dem gefangenen Tier blieb nur die Flucht nach vorn.

„Hast du Angst vor den Bullen? Wo ist das Problem, ihr habt Waffen, ihr habt das Überraschungsmoment auf eurer Seite. Die rühren keinen Finger, die scheißen sich vor Angst in die Hosen. Das kann nicht schief gehen. Wir üben das!"

„Wie, wir üben das?

„Ich habe einen Film mitgebracht. Schaut ihn euch an und prägt ihn euch ein. Es ist ein Lehrvideo für die Ausbildung von Spezialeinheiten, aus dem Internet. Es zeigt, wie man Geiseln befreit. Ihr werdet das üben, an einem sicheren Ort, ihr werdet das üben, bis ihr es könnt."

Ich hörte keinen Widerspruch. Offenbar hatte der Vorstoß

Eindruck gemacht.

„Hinter dem Tresen ist eine Tasche. Da ist eine CD drin. Einfach in den Laptop schieben, dann startet der Film automatisch."

Ein Mann lief hinter den Tresen. Ich hörte Tasten klappern und das Surren des DVD-Laufwerks. Der Kleine räusperte sich, ein anderer schleppte den Hocker über den Kellerboden. Das Video dauerte sieben Minuten und fünf Sekunden, die entscheidende Szene zweieinhalb Minuten. Ich schaute auf meine Armbanduhr. Im Dämmerlicht der Kammer konnte ich die Position der Zeiger kaum erkennen. Nach gefühlten drei Minuten teilte ich den Männern mit, dass nun die entscheidende Szene kommen würde.

„Das sehe ich", murmelte der Anführer, „ich bin ja nicht blind". Drei Minuten später war der Film zu Ende. Wieder war nichts zu hören. Die Stille verwirrte mich. Endlich vernahm ich ein Flüstern. Gespannt lauschte ich, offensichtlich heckten sie etwas aus.

Die Stimme des Anführers klang heiser und war erschreckend nah an meiner Kammer: „Wir machen es unter einer Bedingung. Für jeden von uns dreitausend extra, als Risikoprämie. Tausend im Voraus, der Rest wird in den Fluchtautos deponiert."

„Gut, einverstanden", sagte ich. Am liebsten hätte ich vor Erleichterung gelacht. Alles wird gut, dachte ich, jetzt wird alles gut.

„Und wie geht es jetzt weiter?"

„Ihr nehmt den Computer und die CD. Schaut euch das Video an, zehnmal, zwanzigmal, hundertmal. Du, Anführer, hältst die Bullen in Schach. Der Kleine schnappt sich den Kinderschänder, der andere die Bullen im Auto. Ihr habt zwei Minuten und dreißig Sekunden Zeit.

Und jetzt zum Training: Im Stadtwald gibt es einen Grillplatz, den am Kapuzinerweg. Von dort gehen drei Wege ab, einer führt in die Stadt, einer auf ein Feld, der dritte tiefer in den Wald hinein. Den muss man nehmen. Vierhundert Meter nach dem Grillplatz führt links ein Trampelpfad den Hang hinauf zu einer kleinen Lichtung. Dort werdet ihr trainieren. An fünf verschiedenen Tagen jeweils fünf Trainingseinheiten, wenn nötig auch mehr. Denkt daran, ihr habt zweieinhalb Minuten, keine Sekunde mehr. Übermorgen geht es los. Elf Uhr. Ich dulde keine Verspätung, die Zeit drängt."

„Einverstanden" sagte der Glatzkopf langsam. Der Zweifel in seiner Stimme war nicht zu überhören.

„Und wo ist die Kohle?"

„Im Kühlschrank hinter der Theke", sagte ich erschöpft, „im obersten Fach."

Der Kühlschrank wurde geöffnet, jemand nahm etwas heraus. Dann hörte ich Schritte, die sich entfernten.

Musik aus einer fernen Welt drang in die Speisekammer. Es war die Musik, die im Hintergrund lief, Musik für das Unterbewusstsein, nicht für das wache Ohr. Und wie es der Zufall wollte, war es Gloria Gaynor, die in diesem Moment mit ihrer Ode ans Überleben, „I will survive", kraftvoll und dynamisch den Raum erfüllte.

KAPITEL 36

Am Samstag begab ich mich um 10.30 Uhr an den vereinbarten Ort im Wald. Ich versteckte mich hinter einer Fichtengruppe, die auf einer kleinen Anhöhe wuchs. Der Blick auf die Lichtung war frei, aber umgekehrt konnte man von der Lichtung aus mein Versteck nicht sehen. Um fünf vor elf hörte ich Stimmen. Es waren die drei Männer. Sie begannen mit dem Training, und schon der erste Versuch wirkte recht professionell. Der Glatzkopf sprach leise, aber scharf. Er war der unangefochtene Anführer, er hatte seine Männer im Griff und vor allem war er diszipliniert. Sie spielten die Sequenz drei, vier, fünf Mal durch. Dann gab der Mann mit der Fistelstimme, der erstaunlich groß, aber nicht schlaksig war, auf. Er hatte ein schmales Gesicht, darüber eine flache, fliehende Stirn, der Kiefer sprang auffallend hervor; kurz, es war eine Physiognomie, die mir überhaupt nicht gefiel. Der Stock des Glatzkopfs krachte auf den Arm des Großen, und die Situation drohte zu eskalieren. Doch der Geschlagene lehnte sich nicht auf. Leise stöhnend zog er sich von der Lichtung zurück und kehrte wenige Minuten später, scheinbar von den Schmerzen geläutert, zurück. Nach zehn Übungseinheiten befahl der Chef den Rückzug. Er fand den Zettel, den ich gut sichtbar an einen freistehenden Baum geheftet hatte, entfaltete ihn und steckte ihn in seine Tasche. Ich wartete noch eine Weile und ging dann vorsichtig zum Waldparkplatz zurück.

KAPITEL 37

Die nächste Übungseinheit war erst für Montag angesetzt. Das Gelernte braucht Zeit, um sich zu verfestigen und man darf sich nicht übernehmen. Die freie Zeit am Sonntag nutzte ich, um mir Gedanken über das Vorgehen in meinem Haus im Tessin zu machen. Noch einmal führte ich mir das Ziel vor Augen. Es gab viele Möglichkeiten, aber was war die richtige Wahl, für welche Option sollte ich mich entscheiden?

Ich zog meine Jacke an, setzte meinen Hut auf und trat vor

die Tür. Ein kleiner Spaziergang um den Block würde mir guttun. Ich ging zügig, ohne mich umzusehen. Nach einem Kilometer blieb ich stehen. Etwa fünfzig Meter entfernt stand eine Gruppe Jugendlicher, die mit ihren Handys spielten und rauchten. Über der Straße hing ein blauer Dunst, der vom Wind in dünne Streifen zerrissen bis zur gegenüberliegenden Baumreihe zog. Aus irgendeinem Grund zuckte ich zurück, trat mit dem Fuß auf die Bordsteinkante und taumelte auf die Fahrbahn zu. Da packte mich jemand an der Jacke und zog mich auf den Bürgersteig. In diesem Moment fuhr ein Auto mit hoher Geschwindigkeit vorbei, das nicht mehr hätte anhalten können, wenn ich gestürzt wäre. Ich bedankte mich bei meinem jugendlichen Retter und ging mit zitternden Knien weiter. Die Szene mit dem Mädchen am Zürcher Bahnhof ging mir durch den Kopf. Die Ähnlichkeit mit dem eben Geschehenen war gespenstisch. Der blaue Rauch war gespenstisch, die Glut der Zigarette brannte in meiner Erinnerung und in meinem Fleisch. Die Wunde schmerzte wieder.

Missmutig ging ich in den Park. Ich setzte mich auf eine Bank, krempelte mein Hemd hoch und betrachtete die Narbe, die im warmen Licht, das in gebrochenen Linien durch die wogenden Baumkronen auf die Erde fiel, ständig die Farbe wechselte.

Langsam begann ich das Wesen des Schmerzes zu verstehen. Schmerz verändert die Wahrnehmung, und die Wahrnehmung bestimmt die Intensität des Schmerzes. Bei heftigen körperlichen Schmerzen gibt es zwei psychische Auswege für den Leidenden: erstens die Ohnmacht, zweitens die Dissoziation des Schmerzes von der bewussten Wahrnehmung, wie sie zum Beispiel bei Schussverletzten oder Folteropfern auftritt. Entscheidend für die Dissoziation ist die Intensität des Schmerzes. Ist er zu stark, beherrscht er das Bewusstsein, der Leidende wird eins mit seinem Schmerz, kann nichts anderes denken als den Schmerz, nichts anderes fühlen als den Schmerz, nichts anderes empfinden als den Schmerz. Dann driftet er ab, in eine Parallelwelt, in der das Leiden erträglich bleibt.

Ich dachte an den Mörder meiner Tochter und an seinen Tod. Ich wollte dieser Bestie den größtmöglichen Schmerz zufügen, qualvoll, unerträglich, reinigend. Aber ein Leiden, das die Möglichkeit der Dissoziation, der Flucht in Bewusstlosigkeit und Ohnmacht, kurz, jeder Art von Linderung der Qualen offen ließ, kam nicht in Frage.

Ich erkannte, dass in der Anwendung körperlicher Gewalt, in der Zufügung rein physischer Schmerzen, erhebliche Gefahren lagen. Konnte ich ausschließen, dass der Mörder die Hintertür nehmen würde, um sich der Strafe zu entziehen?

Ich konnte es nicht.

Aber wie war die Alternative – psychologische Foltermethoden – zu bewerten?

Auch hier bleibt ein Ausweg, bleibt die Flucht in den Wahnsinn. Aber was wissen wir eigentlich über den Wahnsinn? Gibt es darüber überhaupt etwas Handfestes, zweifelsfrei Belegtes zu sagen? Angenommen, es gäbe im Wahnzustand tatsächlich Schmerz im herkömmlichen Sinne, welcher Art ist er dann? Wie lässt er sich messen, wie können wir Außenstehende ihn verstehen? War es das undefinierbare Leiden eines Wahnsinnigen, an das ich dachte? War es dieses nebulöse, völlig unverstandene Leid eines irre Gewordenen, das ich dem Mörder meiner Tochter zuzufügen gedachte? Nein, das war es gewiss nicht. Aber was war es dann?

Ich drehte mich wieder im Kreis. Zu Hause angekommen, nahm ich ein Buch aus dem Regal, zur Zerstreuung, ich weiß den Titel nicht mehr. Ich legte es zurück, und ein anderes rückte in mein Blickfeld: „Die Pest" von Camus, dem großen Existentialisten und entschiedenen Gegner der Todesstrafe.

Sofort dachte ich an die Angst vor dem Tod, die Angst vor der Auslöschung und vor dem Nichts, die existenzielle Angst, nicht in der Welt zu sein. Ich sah den Mann an der Klippe, seine Angst vor dem Absturz, seine Angst vor dem freien Willen, der ihn hinunterzuziehen droht. Die Angst vor dem Tod schien mir die einzig ausweglose, die einzige, die ausnahmslos jeden trifft, Könige wie Bettler, Gläubige wie Ungläubige – die ewige Urangst des Menschen. Mit der ganzen Wucht ihrer Unmittelbarkeit die Seele zermalmend, kommt die Todesangst in Stärke und Ausmaß dem größten körperlichen Schmerz gleich und übertrifft ihn schließlich dort, wo die Angst, anders als der Schmerz, dem Leidenden noch ein wenig Raum für Eindrücke aus der Außenwelt, für Empfindungen, für Begreifen, für das Erleben von Reue, Ekel und Abscheu lässt. Mein Kalkül verdichtete sich zu der Überzeugung, dass im Schatten der drohenden Vernichtung das größte Leiden des Menschen in der Erkenntnis des eigenen Versagens liegen müsse, im Eingeständnis des Scheiterns in der Welt, im schmerzlichen Bewusstsein der eigenen Schuld. Das war es. Diesen Zustand galt es zu erreichen.

KAPITEL 38

Ich beschloss, noch einmal mit dem Zug zu fahren. Die Dinge waren im Fluss und ich wollte die Gelegenheit nutzen. Ich bestieg den Zug nach Offenburg, der mich durch den Schwarzwald nach Westen führte. Ich setzte mich ans Fenster und ließ die Ereignisse der letzten Tage noch einmal Revue passieren. Zufrieden stellte ich fest, dass ich einige Krisen erfolgreich gemeistert hatte und nun an einem Punkt angelangt war, an dem das Ziel in greifbare Nähe rückte.

Vielleicht war es Euphorie, die ich in diesem Moment empfand, aber sie hielt nicht lange an. Sicher, ich hatte einige Herausforderungen gemeistert und war dem Ziel ein Stück näher gekommen, aber nüchtern betrachtet war jeder weitere Schritt genauso mühsam wie der vorherige, und ich würde mich sehr anstrengen müssen, um weiter zu kommen. Und so folgte auf die Euphorie schnell die Ernüchterung.

Wir waren schon eine ganze Weile durch die liebliche Landschaft gefahren, die ganz im Zeichen der Weißtanne steht, die sich mit ihren kräftigen Wurzeln an den felsigen Untergrund klammert und eine geradezu artistische Überlebensleistung vollbringt, als es hinter einer Kurve plötzlich steil bergab ging. Im Tal waren Bauernhäuser zu sehen, riesige Scheunen und Geräteschuppen. Darauf richtete ich meine Aufmerksamkeit, zumal ein Detail anders war, als ich es in Erinnerung hatte. Auf den ursprünglich strohgedeckten Dächern, die später mit gewöhnlichen braunen Ziegeln gedeckt wurden, waren nun Solarzellen angebracht, die sich wie ein silberner Teppich über die gesamte Dachfläche ausbreiteten. Natürlich war diese Art der Energiegewinnung nicht neu, aber der Eindruck dieses funkelnden Lichts öffnete eine Tür zu meiner inneren Welt.

Eine Wolke schob sich vor die Sonne und ich sah, wie die eben noch silbrig glänzenden Dächer in ein mattes Grau übergingen. Bald wird die Sonne wieder scheinen, dachte ich – und erkannte plötzlich die elementare Macht des Zufalls.

Das Ereignis selbst stand fest, nicht aber der Zeitpunkt seines Eintretens, oder genauer gesagt, nicht ganz. In einer ausweglosen Situation wirkt die Unvorhersehbarkeit eines zufälligen, aber auf lange Sicht unausweichlichen Ereignisses zutiefst bedrohlich.

Als der Zug die Ebene erreichte, wusste ich, wie ich den Mörder meiner Tochter töten würde.

KAPITEL 39

In der folgenden Nacht hatte ich einen zutiefst beunruhigenden Traum. Ich erwachte mit einem gellenden Schrei, schweißgebadet und am ganzen Körper zitternd. Den ganzen Morgen war ich wie betäubt. Ich hatte folgendes geträumt:

Ich war auf einem Maskenball in einem prächtigen Kaisersaal, der mich an den Großen Redoutensaal in der Wiener Hofburg erinnerte. Aber es war nicht dort. Ich kann jetzt schon nicht sagen, ob das überhaupt von Bedeutung ist. Meine Verwirrung wächst mit jedem Wort, das ich diesem Traum widme. Es waren viele Leute da, alle maskiert und verkleidet, also kann es nicht in Wien gewesen sein, wo nur die Frauen Masken tragen, aber hier waren auch die Männer maskiert. Wahrscheinlich verliere ich mich jetzt in unwichtigen Details, aber trotzdem ...

Ich stand also in der Mitte des Saales, nicht weit von der Stelle, wo der riesige Kronleuchter fast bis zu den Köpfen der Anwesenden reichte. Ich fragte mich, auf wessen Einladung ich hierhergekommen war, aber es wollte mir nicht in den Sinn kommen. Nach dem außergewöhnlichen Ambiente zu urteilen, musste es sich um eine Person von hohem gesellschaftlichem Rang handeln. Ich sah mich um, konnte aber niemanden ausmachen, der sich so sehr von den anderen abhob, dass er als Initiator dieses glanzvollen Ereignisses in Frage kam.

Habe ich erwähnt, dass es nur Tierkostüme gab? Es waren

Hunderte, und sie traten in Gruppen auf, ohne sich zu vermischen. Bei den Vögeln gab es Adler, Geier, Raben, Krähen, Falken, Drosseln und Uhus. Sie hielten sich in der Nähe des Orchesters auf, flatterten munter umher, offenbar um Untergruppen zu bilden. Besonders unangenehm waren die Uhus, deren Rufe das Orchester aus dem Takt brachten, so dass es immer wieder von vorne beginnen musste. Weiter hinten schlichen die Raubkatzen, Leoparden, Löwen, Jaguare und Luchse, an der östlichen Außenwand entlang. Doch ein Luchs stand regungslos da und starrte mich mit steinerner Miene an. Zuerst dachte ich, er sei auf der Suche nach Beute und schaute auf die andere Seite, wo die Hasen, Mäuse und Ratten waren, doch dann bemerkte ich, dass er jede meiner Bewegungen mit einer entsprechenden Drehung seines Kopfes nachahmte. Wenn ich den linken Arm hob, drehte sich sein Kopf nach links oben, wenn ich das Bein streckte, war es, als würde es den Katzenkopf an einem unsichtbaren Band führen.

Schließlich gab es noch einen Dachs, einen Fuchs, drei Fledermäuse und eine Schnecke, die unaufhörlich im Kreis kroch und dabei eine Flüssigkeit absonderte, die sofort versickerte und dem Parkett einen reizenden Glanz verlieh.

Beeindruckt von der Realitätsnähe dieser Erscheinungen bemerkte ich, dass mir selbst die Rolle des Chamäleons zugefallen war. Wie echt sah das Kostüm aus! Es war ganz außergewöhnlich und sehr unwahrscheinlich. Ich hätte doch wenigstens die Hände als menschliche Hände, die Füße als menschliche Füße, die Schultern als menschliche Schultern, kurz, die wesentlichen Erkennungsmerkmale eines Menschen auch hinter der gelungensten Fassade als solche erkennen müssen? Aber diese Pfoten, diese Chamäleonfüße und der erschreckend echte Schwanz, der mit der rostbraunen Farbe des Parketts verschmolz und von diesem kaum zu unterscheiden war, erfüllten mich mit Abscheu und Entsetzen.

Ich setzte mich in Bewegung und ging auf die Raubkatzen zu, vielleicht konnte ich mit einer von ihnen reden und sie dazu bringen, die Maske abzunehmen, um mich ihrer menschlichen Natur zu vergewissern. Allein das Gehen fiel mir schwer, und mehr als ein paar unbeholfene Schritte wollten mir nicht gelingen. Es war, als stünde eine unsichtbare Wand vor mir. Ich quälte mich zwei, drei Schritte zurück und wandte mich den Nagern zu. Aber wieder ging nichts voran, eine Tonnenlast erdrückte mich, es war entsetzlich. Noch ein Blick zu den Nagern, die mich anstarrten und auslachten. Die fiesen Mäuler mal zur Seite und nach oben, dann wieder ganz nach unten gerichtet, spiegelten sich riesige Nagezähne auf dem glänzenden Parkett und in den Schädeln funkelten böse kleine Äuglein.

Plötzlich gerieten die Tiere in Bewegung. Eine Masse von Tierkörpern lief und kroch und flatterte und trabte auf mich zu. Panisch schlug ich die Pfoten über den Kopf und spürte im selben Augenblick einen stechenden Schmerz in dem Körperteil, den ich eben noch für mein Handgelenk gehalten hatte. Ich sah an mir herunter. Der Schrecken war grenzenlos. Die Pfoten des Chamäleons hatten sich in Hufe verwandelt und aus meinem flachen Gesicht ragte ein riesiges Horn, das auf dem Schädel eines Nashorns thronte!

Und nun geschah es: Die Gruppen lösten sich auf. Alle schienen lebhaft miteinander zu kommunizieren, die Katzen mit den Nagern, die Vögel mit dem Fuchs, die Fledermäuse mit der Schnecke, ohne dass auch nur die geringste Regung von Unsicherheit, Angst oder Ekel zwischen ihnen aufkam. Aber das war nur möglich, wenn sie sich einer gemeinsamen Sprache bedienten, nämlich der menschlichen, woraus sich ergab, dass es Menschen sein mussten, die sich in täuschend lebensechten Hüllen verbargen. Und weil es Menschen waren, konnten sie mich verstehen. Ich wandte mich also der

Fledermaus zu, die kaum mehr als einen Meter vor meiner Nase herumflatterte, und gerade als ich sagen wollte: „Wir kennen uns doch, sind Sie nicht der Bürgermeister von Konstanz?", dröhnte aus meinem riesigen offenen Maul der heisere Ruf eines Nashorns. Schrecklich! Wieder versuchte ich zu fliehen, doch nun klebten meine Hufe fest am Boden. Die Tiere bildeten einen Ring um mich und es schien, als verhandelten sie heftig darüber, wer mir zuerst den Garaus machen durfte. Einen Meter vor mir blieben sie stehen – im äußeren Ring die Katzen, dann die Nager, im inneren die Vögel. Plötzlich wandten sie alle den Blick von mir ab, kein einziges Tier sah mich mehr an, ich war von einem Wall aus Tierkörpern umgeben wie ein junges Walross von den Alten, wenn der Eisbär kommt; dann, wie auf Kommando, rissen sie die Köpfe herum. Hundert teuflische Augenpaare, wie ein einziger glühender Pfeil auf mein Herz gerichtet. Das Blut wollte mir in den Adern gefrieren. Voller Entsetzen zerrte ich an meinen plumpen, klebrigen Hufen, doch vergeblich. Ich kam nicht von der Stelle.

Da lichteten sich die Reihen und der Leopard trat aus dem äußeren Ring. In der Pranke hielt er einen braunen Becher. Auch die Krähe und die Fledermaus kamen näher. Der Rabe bewegte sich nun, krächzte und flatterte um den inneren Kreis herum, ohne einer erkennbaren Ordnung zu folgen. Das war das Kommando für den Leoparden, der mir den Becher reichte. Es musste der Schierlingsbecher sein. Aber als ich hineinschaute, war nur kaltes, klares Wasser darin, in dem sich ein Ziegenbock spiegelte. Und als das Wasser plötzlich zu brodeln begann, schlug der Bock panisch mit den Läufen und befreite sich endlich aus dem eisernen Griff des grinsenden Leoparden, der schrill krächzenden Krähe und der weißen Fledermaus. Wahnsinnig vor Angst trieb ich, der Ziegenbock, nun wahllos um mich schlagend, eine Schneise durch die

Tierkörper, nur weg von hier, weit weg von diesem schrecklichen Ort, und als mich endlich der gellende Schrei des Erwachens erlöste, klang das Kribbeln der Pfoten, Schnäbel und Schwänze wie ein eisiges Echo auf meiner Haut, wie die Nachwirkung der Schläge, die wie ein Feuersturm auf mich niedergeprasselt waren.

KAPITEL 40

Wie ich schon sagte, war ich den ganzen Vormittag damit beschäftigt, diesen Traum zu verarbeiten. Ich suchte nach einem Sinn, kämpfte um eine Erklärung, aus der ich lernen konnte, eine Erklärung, die mich von den dunklen Fesseln dieser schrecklichen Erinnerung befreien konnte. Vor meinem inneren Auge versuchte ich, die Fragmente der Nacht in eine logisch schlüssige Abfolge zu bringen, die Symbolik der Bilder zu entschlüsseln, sie in den Bedeutungsrahmen eines übergeordneten Ganzen einzufügen, aber es wollte einfach nicht gelingen. In meinem Kopf tummelte sich ein heilloses Durcheinander von Gedankenfetzen und Ideensplittern, korrumpiert von wahllos einströmenden Gefühlen, die alle den gleichen Anspruch auf Gehör erhoben und lieber gemeinsam untergehen wollten, als hintereinander zurückzustehen. Schließlich kapitulierte ich vor der Aufgabe wie vor einem Scherbenhaufen, der sich nicht wieder zu dem Weinglas zusammenfügen ließ, das er eben noch gewesen war.

Um handlungsfähig zu bleiben, suchte ich nach Ablenkung. Zum Glück hatte ich noch ein paar Einkäufe zu erledigen. Milch, Zucker, Brot, Eier – es fehlte eigentlich an allem. Die Einkäufe im Supermarkt erledigte ich recht schnell und ging dann in den Baumarkt, in die Metallabteilung. Dort nahm ich zwei lange, fünf Zentimeter breite Schienen aus Gusseisen aus dem Regal, ließ sie in zwei Teile von je 130 Zentimetern schneiden und ging dann in die Möbelabteilung, wo ich mir einen billigen, aber stabilen Stuhl aus Pressspanplatten in Buchenholzoptik aussuchte. Ich bezahlte bar, lud die Ware ins Auto und fuhr nach Hause.

Am nächsten Tag stand ich wieder im Wald. Es war elf Uhr, ich musste nicht lange warten. Die Ausbildung meiner Komplizen machte gute Fortschritte. Der ganze Vorgang dauerte nur noch zwei Minuten. Von nun an übten sie mit Hindernissen. Der Glatzkopf löste Alarm aus und seine Männer reagierten. Schließlich simulierten sie den GAU: Schusswechsel, ein Entführer und zwei Polizisten verletzt. Die Männer übten mit Schlagstöcken und Spielzeugpistolen. Doch nun dauerte die Sequenz viel zu lange, fast vier Minuten. Die Gruppe wiederholte die Szene bis zum Einbruch der Dunkelheit. Beim letzten Versuch wurde die Richtzeit zwar eingehalten, aber das Training endete nicht ohne die eindringliche Ermahnung des Chefs, dass alles von der Professionalität der Teilnehmer abhänge. Man dürfe sich keine Blöße geben. An diesem Tag fuhr ich mit gemischten Gefühlen nach Hause. Diese Abgeklärtheit war zu viel des Guten, sie war mir geradezu unheimlich. Was würde ich tun, wenn sich die kriminelle Energie dieses Mannes eines Tages gegen mich wenden würde? Ich hatte die Geister gerufen und wurde sie nicht mehr los.

KAPITEL 41

Am Nachmittag des 26. Juni erhielt ich einen Anruf vom Landgericht. Die Hauptverhandlung stehe kurz vor dem Abschluss, ein rechtskräftiges Urteil werde in wenigen Tagen vorliegen. Alles deute darauf hin, dass der Mörder wegen Schuldunfähigkeit zur Tatzeit in den geschlossenen Maßregelvollzug eingewiesen werde.

Ich nahm diese Information mit Herzklopfen auf. Ob ich nicht froh sei, dass der Prozess endlich zu Ende gehe, dass der Täter vielleicht für immer aus dem Verkehr gezogen werde, wollte die Sekretärin wissen.

„Ja, ich bin sehr froh, vielen Dank", sagte ich leise und legte schnell auf, ohne eine Antwort abzuwarten. Ich ging zum Fenster und blickte in den Garten, der jetzt in voller Blüte stand. Die Bäume hatten längst ausgeschlagen, aber die Blumen verströmten noch immer ihren betörenden Duft. Im Fenster sah ich mein Spiegelbild und dachte an das Bild des vergehenden Dorian Gray. In meiner Seele war kein Leben mehr, sie war still wie ein Totenhaus. Verwundert ging ich hinaus in den Garten. Ich setzte mich unter den Apfelbaum, legte den Kopf auf die Brust und schlief ein. Als ich erwachte, war es schon dunkel.

KAPITEL 42

Eine weitere Episode wie die im Partykeller würde mich zerreißen, das war klar. Umso mehr legte ich Wert auf einen geregelten Informationsaustausch mit meinen Helfern. Wir benutzten keine Privattelefone, Handys oder andere Geräte, die elektronisch überwacht werden können. Einkäufe bezahlte ich immer bar und achtete peinlich darauf, nirgendwo Spuren zu hinterlassen, die mit ungewöhnlichen Aktivitäten in Verbindung gebracht werden könnten. Nach jeweils zwei Kontakten über öffentliche Telefonzellen wechselten wir zu anderen.

In Freiburg gab es drei öffentliche Parks, in denen ich jeweils einen Müllcontainer im Sichtschutz von Bäumen für Passanten unsichtbar mit einem roten Punkt versehen hatte. An die Innenwände der Container klebte ich meine Botschaften, immer an die gleiche Stelle. Das Verfahren war mühsam, aber es erschien mir notwendig. Ich hatte die Zeit dazu, zumal ich erst vor kurzem das Schmierentheater an meinem Arbeitsplatz durch eine Kündigung beendet hatte, die man schließlich gerne akzeptierte.

Die Informationen flossen mindestens einmal täglich, und der Impuls zum Handeln ging immer von mir aus. Als die Sekretärin anrief, hatten wir bereits kommuniziert, und ich sah keine Möglichkeit, den Glatzkopf an diesem Tag noch einmal zu kontaktieren. Das war ärgerlich und beunruhigend. Die Zeit bis zum nächsten Kontakt am folgenden Tag verging so langsam wie in einem relativistischen Zeitexperiment. Ich war überglücklich, als der Mann pünktlich um 14 Uhr erschien.

Wie immer nahm er den Inhalt meiner Nachricht teilnahmslos zur Kenntnis. Das ist gut, dachte ich wieder, das macht er gut. So gefährlich diese Kaltblütigkeit ist, so nützlich ist sie im Ernstfall; Schnelligkeit und Brutalität unter dem Schirm der Gewissenlosigkeit sind die Garanten des Erfolgs.

Nachdem der Glatzkopf gegangen war, eilte ich nach Hause. Ich suchte aus meinem Kleiderschrank, der kürzlich um mehrere Perücken, Brillen, Hosen und Jacken erweitert worden war, die passenden Accessoires für meinen Auftritt bei zwei Privatleuten aus, die ihre Kombis zum Verkauf angeboten hatten. Den Anzeigen nach zu urteilen waren es alte Kisten, nicht besonders teuer, aber funktionstüchtig. Ich stellte mich vor den Spiegel, machte mich fertig und stellte mit Genugtuung fest, dass diese Tätigkeit immer effizienter wurde.

Ich benutzte öffentliche Verkehrsmittel. Das erste Auto gefiel mir auf Anhieb, ich wollte den Kauf schnell abwickeln, aber der Verkäufer, ein unangenehm redseliger Rentner um die siebzig, lud mich auf einen Kaffee in sein Haus ein, um die Sache in Ruhe zu regeln, wie er sagte. Zögernd folgte ich ihm, blieb dann aber unter einem Vorwand kaum länger als zehn Minuten, in denen wir die Formalitäten erledigten. Da das Auto bereits abgemeldet und das Kennzeichen abmontiert war, verzichtete ich auf eine Probefahrt, das Risiko war vertretbar. Ich teilte dem Mann mit, dass ich das Auto, das in einem frei zugänglichen Schuppen auf dem Grundstück des Besitzers stand, am nächsten Tag abholen, den Schlüssel aber sofort haben wolle. Er gab ihn mir. Am nächsten Tag holte ich das Fahrzeug gegen zehn Uhr morgens ab. Ich fuhr zu dem besagten Waldparkplatz, wo ich es unter dem Blätterdach zweier mächtiger Eichen abstellte, einigermaßen geschützt vor den neugierigen Blicken vorbeigehender Passanten. Das für die Überführung erforderliche Kennzeichen hatte ich zuvor von meinem Privatwagen abmontiert. Mit dem zweiten Kombi verfuhr ich ähnlich, nur dass ich ihn in der eigenen Garage abstellte und den Privatwagen nach dem Wiederanbringen des Kennzeichens in der Einfahrt stehen ließ. Die Organisation der Fluchtfahrzeuge für meine Helfer hatte ich dem Anführer überlassen. Am 29. Juni teilte er mir mit, dass er drei Autos besorgt und an einem sicheren Ort abgestellt habe.

KAPITEL 43

Am 30. Juni rief ich um 8.30 Uhr beim Landgericht an. Es war nur der Anrufbeantworter dran. Ich sagte nichts, lief ins Bad und klebte mir die blutenden Fingerkuppen ab. Dann rief ich wieder an, dreimal, fünfmal, ich weiß nicht mehr, wie oft. Als sich um 9.15 Uhr endlich jemand meldete, kaute ich bereits auf dem dritten Pflaster herum. Überrascht von der fremden Stimme am Telefon fragte ich nach meiner Sekretärin. Sie habe einen Tag frei, hieß es, und käme erst morgen wieder. Besorgt erkundigte ich mich nach dem weiteren Vorgehen im Fall Carolina Ultor.

„Carolina Ultor?", fragte die Dame, worauf ich verärgert antwortete, dass ich der Vater sei und über den Verbleib des Mörders informiert werden wolle, dass dies mit dem Richter so abgesprochen und genehmigt worden sei und dass es überhaupt mein Recht als Vater und Opfer dieser grausamen Tat sei, über den Fall informiert zu werden. Die verdutzte Dame begriff, worum es ging, denn schließlich pfiffen es die Spatzen von den Dächern, stellte sich aber stur und behauptete, sie müsse erst die Erlaubnis für die gewünschte Auskunft einholen, die aber noch auf sich warten lasse, da der Richter noch nicht anwesend sei.

Da platzte mir der Kragen: „Nun sagen Sie mir doch, was Sie wissen!" Und im gleichen Atemzug: „Verdammt noch mal, Sie haben doch ein Herz, was sind Sie denn für ein Mensch? Helfen Sie mir doch, bitte, ich flehe Sie an!"

„Aber ich darf doch nicht ...", stotterte die Frau nun hörbar betroffen, „warten Sie bitte einen Moment." Sie legte den Hörer nieder. Im Hintergrund hörte ich das Rollen von Kästen in einem Aktenschrank, das Knacken von Ordnern, das Rascheln von Papier. „Morgen, 1. Juli, 7.30 Uhr, Verlegung von Ludwig G. in die Klinik für forensische Psychiatrie in Armenwies."

„Vielen Dank", hauchte ich erleichtert in den Hörer, „Gott segne Sie."

KAPITEL 44

Am 30. Juni um 14 Uhr erhielt der Leiter meiner Hilfstruppe seine vorerst letzte Anweisung. „Heute, 15.30 Uhr, Telefonzelle in der Bahnhofsstraße, Zugriff morgen früh um halb acht in Armenwies." Er las die Nachricht, drehte sich langsam um, musterte die Umgebung und hielt plötzlich in meine Richtung blickend inne. Nach einer Weile hob er die Hand und zeigte mit dem Daumen nach oben. Er wusste, dass ich in der Nähe war, und ich wusste, dass er verstanden hatte.

Fünf Minuten später ging ich durch den Park, der zu dieser Jahreszeit Ruhe und Frieden ausstrahlte. Doch nichts davon war für mich bestimmt. Die Schönheit der Natur war ein fernes Glück, ohne Strahlkraft auf die Gefühle der Gegenwart und ohne Wirkung auf meine leidende Seele.

Ich beschloss, nach Hause zu gehen, und verbrachte den Rest des Tages damit, das Kommende zu rekapitulieren. Der Plan war gut. Ich hatte alles auswendig gelernt, bis in die kleinsten Verästelungen tief in meinem Gedächtnis fixiert.

Irgendwann klingelte das Telefon. Unschlüssig stand ich vor dem Apparat. Die Nummer auf dem Display war mir unbekannt. Wer konnte das sein, wer oder was war jetzt so wichtig, dass ich reagieren musste? Dann fiel mir der Vorfall mit Amelie und Karl ein und mein Vorsatz, keinen Verdacht zu erregen. Ich griff zum Hörer.

„Ultor."

„Hallo Martin, hier ist Natalie." Ihre Stimme klang spitz.

„Wie geht es dir?"

„Gut", antwortete ich ausweichend. Ich spürte ein dumpfes Ziehen in meinen Schultern.

„Du willst nicht reden. Das respektiere ich. Aber vielleicht möchtest du wissen, wie es mir geht?"

„Ja. Wie geht es dir?"

„Ich hatte viel Zeit zum Nachdenken", fuhr sie fort, „möchtest du mich nicht einmal besuchen kommen?"

„Ich, ja, gerne", stotterte ich, „aber ich bin gerade sehr beschäftigt ... ich habe keine Zeit!"

„Keine Zeit?" Natalies Verärgerung war unüberhörbar.

„Hör zu, Martin, ich kann die Klinik tagsüber verlassen, wenn ich keine Termine habe, und ich kann auch nach Hause kommen, wenn du nicht kommen willst. Wie wäre es mit Freitagnachmittag?"

„Um Gottes willen", platzte ich heraus, „das geht nicht, ich habe jetzt wirklich keine Zeit, ich bin sehr beschäftigt. Ich kann dich nicht sehen ... obwohl ich will ... ich will, dass es dir gut geht, und wir können reden und uns wieder vertragen. Aber du kannst nicht kommen, nicht jetzt! Es ist ganz wichtig, dass du mich jetzt in Ruhe lässt, ich komme dich bestimmt bald besuchen. Wenn alles vorbei ist, komme ich zu dir und wir beide, nur du und ich, sind für immer zusammen."

Natalies Stimme war dünn wie Papier. „Um Gottes willen, Martin, du bist krank, du brauchst Hilfe!"

„Lass mich in Ruhe, Natalie, lass mich in Ruhe und wage es nicht, hierher zu kommen", befahl ich. „Ich verbiete es dir. Halt dich fern von mir, sonst werde ich ..., ich bin das Gift, Natalie, mein Gott, ich werde ...", verzweifelt ließ ich den Hörer sinken, „ich liebe dich", und legte auf.

KAPITEL 45

Dies war die zweite große Panne innerhalb weniger Tage. Es blieb keine Zeit, das Ausmaß des Schadens zu erfassen oder zu begrenzen. Die Entführung hatte absoluten Vorrang. Das Problem der Bewaffnung hatte ich mit dem Glatzkopf ausgehandelt. Das Risiko war klar umrissen und beträchtlich, auch wenn wir es beide herunterspielten. Die Entscheidung für die Aktion war für alle Beteiligten eine freiwillige gewesen, jedenfalls bildete ich mir das ein, denn bei dem Kleinen und dem Langen mit der Fistelstimme konnte ich das nicht mit Sicherheit sagen. Wir hatten uns auf den Einsatz von Schreckschusswaffen und Reizgaspatronen geeinigt, die zwar großen Schaden anrichten konnten – aber im Ernstfall würde es keine Toten und im Falle einer Festnahme milde Haftstrafen geben. Der Glatzkopf bewies auch in dieser Hinsicht hohe Professionalität. Woher die Waffen und die Munition letztlich kamen, weiß ich nicht, ich habe auch nicht danach gefragt. Er hatte seine Verbindungen und wenig Mühe, die gesetzlichen Bestimmungen zum Waffenbesitz zu umgehen. Ich war mir sicher, dass er mich nicht reinlegen und scharfe Waffen benutzen würde. Trotzdem bestand ich darauf, die Waffen persönlich in Augenschein zu nehmen, und als der nicht unerwartete Widerstand kam, bot ich noch einmal Geld. Es ist erstaunlich, wie viel guten Willen man mit Geld erkaufen kann. Wie vereinbart, fand ich die Waffen und die Munition in einem Versteck unweit des Übungsgeländes. Ich testete jede Waffe einzeln. Das Ergebnis war befriedigend.

Der letzte Kontakt mit meinen Komplizen fand, wie bereits erwähnt, am Nachmittag des 30. Juni statt. Am Morgen hatte ich die Hälfte des noch ausstehenden Betrags im Transporter deponiert, die andere Hälfte war für die Fluchtautos bestimmt. Dennoch hatte es sich der Glatzkopf nicht nehmen lassen, eine eindringliche Warnung auf einem Zettel im Müllcontainer auszusprechen. „Wenn du uns verarschst, finden wir dich." Völlig überflüssig, dachte ich. Nicht im Traum wäre es mir eingefallen, an dieser heiklen Stelle zu sparen.

Für die Nacht vom 30. Juni auf den 1. Juli bekamen die Männer den Auftrag, in den Gärten der Freiburger Oberschicht nach Nummernschildern zu suchen. Die Gärten gehörten allesamt zu den Anwesen älterer Leute, die, soweit ich mich überzeugen konnte, in der warmen Jahreszeit Flugreisen und Kreuzfahrten unternahmen oder anderen auswärtigen Vergnügungen nachgingen und deshalb mit großer Wahrscheinlichkeit nicht zu Hause anzutreffen waren. In den wohlhabenden Vierteln Freiburgs gab es ganze Straßenzüge, in denen dies zutraf, Häuser, die mehrere Monate im Jahr verwaist und dennoch kaum gesichert waren. Auch hier war ein Restrisiko nicht auszuschließen, aber einfache Einbruchsdiebstähle waren für meine Komplizen kein Problem. Man hatte ja Übung.

Gegen vier Uhr morgens fuhr ich zum Waldparkplatz. Dort standen drei Autos. Alles sah gut aus. Die gestohlenen Nummernschilder waren sauber montiert, es gab nichts, was mich störte.

Um sechs Uhr bezog ich Stellung auf einem mit Ginster bewachsenen Hügel innerhalb des Klinikgeländes, der einen freien Blick auf den Eingangsbereich der forensischen Abteilung bot. Es war recht kühl an diesem Morgen und sehr ruhig, der Himmel bedeckt, aber trocken. Seltsamerweise verspürte ich keine nennenswerte Angst, keine Nervosität, nicht einmal einen Anflug von Anspannung. Ich war wie ein Späterblindeter, der noch eine Vorstellung davon hat, wie grüne Wiesen und rote Rosen aussehen, aber keine Empfindung mehr, die dem Farbeindruck folgt. Stattdessen spürte ich eine große Leere in mir, die seit Carolinas Tod mit jedem Tag größer geworden war und sich nun mit einer tiefen Gleichgültigkeit paarte.

Gegen sieben Uhr fuhr der weiße Transporter auf das Klinikgelände. Er fuhr zügig, aber nicht schnell, und hielt auf einem Parkplatz neben dem Gebäude der Forensik. Ein Mann, dessen Gesicht von weitem nicht zu erkennen war, stieg aus, öffnete die Klappe zur Ladefläche und stieg wieder ein.

Um sieben Uhr zehn gingen ein Mann und eine Frau an dem Fahrzeug vorbei. Sie beachteten ihn nicht. Fünf Minuten später fuhr ein Auto vorbei, kurz darauf ein weiteres. Beide parkten vor unterschiedlichen Häusern. Es war immer noch totenstill. Ich wünschte, ich könnte die Vögel zwitschern hören.

KAPITEL 46

Am Eingang der Klinik verlangsamte das Polizeiauto seine Geschwindigkeit, fuhr den schmalen, kurvenreichen Weg entlang, und für einen Moment sah es so aus, als ob es gar nicht zur forensischen Klinik fahren würde. Doch um 7.41 Uhr öffnete sich die Haupttür, zwei kräftige Pfleger traten heraus und ließen die Tür ins Schloss fallen. Der Polizeiwagen fuhr vor und hielt etwa fünf Meter vor dem Eingang. Zwanzig Meter weiter wartete vor dem Westflügel des Gebäudes der weiße Lieferwagen, die Ladefläche zur Straße hin geöffnet. Er war durch das Nachbarhaus verdeckt, unsichtbar für die von Osten kommenden Polizisten.

Der Beamte auf der Beifahrerseite stieg aus und öffnete die Seitentür. Ein mit Handschellen gefesselter Mann kletterte aus dem Auto.

In diesem Moment ertönte lautes Geschrei. Zwei in Tarnanzüge gekleidete Männer stürmten mit gezogenen Waffen auf die wie gelähmt wirkenden Polizisten zu. Ein dritter Mann stand plötzlich vor der Fahrertür des Polizeiwagens und hielt der Fahrerin eine Pistole an den Kopf. Die beiden Krankenpfleger hatten sich vor der Tür auf den Boden geworfen. Ein scharfes Kommando und die Fahrerin kletterte aus dem Auto. Die Polizisten legten sich bäuchlings auf die Wiese neben der Straße. Während einer der Entführer, der Lange, den Polizisten Handschellen anlegte, hielt der Kleine die Überfallenen mit der Waffe in Schach. Der Dritte packte den bis dahin regungslos neben dem Polizeiauto kauernden Gefangenen, zerrte ihn zum Transporter und stieß ihn in den Laderaum. Die Tür schlug zu, der Mann sprang auf den Fahrersitz, der Motor heulte auf. Ein gellender Pfiff durch seine Finger, die beiden anderen sprangen herbei und in den Wagen, der Sekunden später in nordwestlicher Richtung davonraste.

KAPITEL 47

Der Überfall dauerte zwei Minuten und 24 Sekunden. Nach zwei Minuten und 25 Sekunden war ich auf der Flucht. Ich verließ das Gelände der psychiatrischen Klinik in nördlicher Richtung, wo vierhundert Meter weiter im Gebüsch ein Fahrrad auf mich wartete. Ich erreichte es nach wenigen Minuten und fuhr so schnell ich konnte zum Waldparkplatz. Im Hintergrund heulten bereits die Martinshörner der herannahenden Polizeiautos. Nun konnte es nicht mehr lange dauern, bis alle bekannten Fluchtwege abgeriegelt sein würden. Auf dem Waldparkplatz sah ich die offene Heckklappe des Transporters, der in die Büsche gefahren war. Zwei Autos waren weg, aber das dritte, mein Familienauto, stand noch da.

Hastig entfernte ich die gestohlenen Nummernschilder und warf sie in den Wald. Die echten Nummernschilder, die ich in einer Plastiktüte auf dem Rücksitz deponiert hatte, klemmte ich in die leeren Rahmen. Aus dem Rucksack holte ich einen kompletten Anzug mit Hemd, Krawatte, Jackett und Hose, zog ein Paar saubere Schuhe an und fuhr los – ohne nachzusehen, ob der Gefangene tatsächlich wie geplant in den Kofferraum meines Wagens umgeladen worden war. Ich traute mich nicht. Aber wie konnte ich sicher sein, dass alles nach Plan verlaufen war, wenn ich nicht nachsah? Eine furchtbare Unruhe erfasste mich, bis ich zufällig bemerkte, dass der Zweitschlüssel meines Wagens auf dem Beifahrersitz lag. Das bedeutete, dass der Wagen von meinen Komplizen, denen ich den Schlüssel gegeben hatte, vor meiner Ankunft im Wald geöffnet worden war. Warum, wenn nicht, um den Gefangenen umzuladen, hätten sie mein Auto aufschließen sollen? Ich beruhigte mich ein wenig und bog nach zwei Kilometern links in einen Feldweg ab, nach weiteren zwei Kilometern kam die Kreuzung mit der Landstraße. Ich fuhr weiter Richtung Osten, durchquerte den Ort und erreichte zehn Minuten später die Schweizer Grenze.

Zweihundert Meter vor dem Grenzübergang stellte ich den Wagen ab und ging zu Fuß auf die nächste Anhöhe. Von dort hatte ich einen freien Blick auf die Grenzanlage, die unbewacht schien. Das war zwar nicht ungewöhnlich, denn die Hauptlast des grenzüberschreitenden Personen- und Schwerlastverkehrs wurde über einen anderen Übergang ganz in der Nähe abgewickelt, aber ich musste natürlich damit rechnen, dass die Schweizer Grenzwache bereits über den Vorfall informiert und in Alarmbereitschaft versetzt worden war. Mit rasendem Puls kehrte ich zum Auto zurück und fuhr zum Grenzübergang.

Da sah ich die Beamten. Sie waren gerade angekommen.

Ich betete, dass der Gefangene stillhalten würde; im Kofferraum, zusammengerollt wie ein Igel, den Mund mit Folie verklebt und mit K.-o.-Tropfen behandelt: Das war die Theorie, aber jetzt kam es darauf an. Ich setzte alles auf eine Karte.

Falls sie den Waldparkplatz noch nicht gefunden hatte, suchte die Polizei nach einem weißen Transporter mit Freiburger Kennzeichen. Ich aber fuhr meinen Privatwagen, einen Opel Variant mit Konstanzer Kennzeichen. Mit diesem Auto war ich seit Jahren nicht mehr an der Schweizer Grenze kontrolliert worden. Auch vor dem Beitritt der Schweiz zum Europäischen Freizügigkeitsabkommen waren Personenkontrollen von Ortsansässigen selten und nach der Ratifizierung des Abkommens durch die Schweiz praktisch nicht mehr vorgekommen. Ich betete diese Tatsache wie einen Rosenkranz herunter, aber ein Blick in den Rückspiegel ließ keinen Zweifel an meinem psychischen Zustand. Die Halsschlagader wölbte sich im Halbsekundentakt, mein Gesicht war puterrot und geschwollen, die Atmung hatte sich bedrohlich beschleunigt. Um dem drohenden Verlust der Sprechfähigkeit zu entgehen, stotterte ich sinnlose Silben vor mich hin – bah, wah, lah – und versuchte es dann mit Gescheiterem, freilich ohne Erfolg. Es war, als hätte ich Klebstoff geschluckt.

Ich ließ das Fenster herunter. Ich sah zwei deutsche Beamte und einen Schweizer. Einer saß im Grenzhäuschen vor dem Bildschirm, zwei blockierten die Straße, beide große, kräftige Männer, uniformiert und bewaffnet. Ich drosselte die Geschwindigkeit, hielt aber nicht an. Sie musterten mich aufmerksam, das Kennzeichen, prüfend die Sitze vorn und hinten. Ein Beamter trat ans Fenster. In diesem Moment rief jemand. Der Beamte drehte sich um, der Rufer war der Schweizer aus dem Grenzhäuschen, er winkte aufgeregt. Die Deutschen wechselten ein paar Worte mit ihm, dann hob einer die Hand und winkte zur Weiterfahrt. Mit zitternden Knien trat ich aufs Gaspedal. Im Rückspiegel verschwanden die Grenzpolizisten mit ihren Kollegen im Büro und es dauerte nicht lange, bis der Grenzübergang zu einem kleinen grauen Punkt in meinem Rücken geschrumpft war.

Vor mir lag die Berg- und Seenlandschaft der Schweizer Eidgenossenschaft.

KAPITEL 48

Mein Schweizer Refugium hatte ich eine Woche vor der Entführung zum letzten Mal betreten und wie folgt verlassen:

Im Eingangsbereich liegt ein Fußabtreter mit Tigermotiv. Daneben steht ein Kleiderständer aus Kirschholz, der mit seinen fünf S-förmig gewundenen Haken eine Besonderheit in der sonst unauffälligen Umgebung darstellt. Dahinter erstreckt sich das dreißig Quadratmeter große Wohnzimmer mit dem offenen Kamin in der Mitte, flankiert von zwei schwarzen Ledersesseln. Auf dem Kaminsims liegen vierzig Bücher in Reih und Glied, in der Feuerstelle fünf lange Holzscheite, die, bereit zum Anzünden, in der warmen Jahreszeit freilich eher dekorativen Zwecken dienen. Im östlichen Teil des Gebäudes, architektonisch leicht vom Wohn- und Essbereich abgesetzt, befindet sich die Kochnische mit dem randvoll gefüllten Kühlschrank. Ein Esstisch aus Eiche und drei Stühle stehen schräg gegenüber, räumlich abgetrennt von der steilen, mit karminrotem Teppich belegten Holztreppe, die in den Schlafbereich führt. Dort liegt auf einem alten Lattenrost eine himmelblau bezogene Doppelmatratze, daneben zwei flache Nachttische, eine Leselampe und eine Taschenlampe. Soweit das Äußere.

Der Raum, der sich hinter der Kochnische zum Hang hin

befindet, hat sich jedoch deutlich verändert. Zwei flache Metallschienen sind in den Holzboden genagelt. Beide Schienen messen exakt zwei Meter und sechzig Zentimeter und verlaufen in Nord-Süd-Richtung. Am nördlichen Ende des Raumes ist ein Holztisch befestigt. Er ragt, an den Beinen fest mit der Holzwand verschraubt, horizontal in den Raum hinein, so dass die Tischfläche etwa siebzig Zentimeter von der Wand entfernt senkrecht in die Luft ragt. In diese Tischplatte sind dreihundert exakt zwölf Zentimeter lange Nägel eingelassen, deren Spitzen nach außen ragen. Am südlichen Ende steht ein Stuhl mit Armlehnen, an dessen Füßen Hartgummirollen befestigt sind, die in den Schienen liegen. Die Sitzfläche des Stuhls hat eine kreisrunde Öffnung von fünfzehn Zentimetern Durchmesser, unter der ein gelber Plastikeimer hängt, der mit zwei Doppelklammern befestigt ist.

Gegenüber, vom Stuhl aus gut sichtbar, hängt links über der eisenbewehrten Tischplatte ein großes, handelsübliches Barometer an der Wand. Durch das mit einem schweren Vorhang verhängte Fenster fällt etwas Licht in den Raum, so dass man die Anzeige des Barometers gerade noch erkennen kann. Ein Kabel verbindet das Barometer mit dem Laptop, der auf einem kleinen Tisch an der Nordseite steht. Die Schnittstellen des Laptops steuern zwei starke Elektromotoren, von denen einer hinter dem Eimer unter dem Stuhl und der andere hinter der Nagelplatte an der gegenüberliegenden Wand angebracht ist.

Die gesamte Konstruktion basiert auf moderner PID-Regelungstechnik und wird von einem digitalen Mikrocontroller gesteuert. Die Software zur Bestimmung der Regelgrößen, mit denen der Regler arbeitet, basiert auf einem handelsüblichen Computerprogramm, das ich für meine Zwecke umprogrammiert habe.

Der Controller reagiert auf den im Barometer gemessenen Luftdruck und regelt die Funktion der Elektromotoren. Steigt der Luftdruck auf 1018 Hektopascal (dieser Luftdruck im Sommer auf Meereshöhe gemessen, und Werte darüber bedeuten in der Regel schönes Wetter), springen sie an und schieben den Stuhl in Richtung Nagelwand. Sinkt der Luftdruck unter den angegebenen Wert, stoppt der Schlitten. Die Anlage ist so programmiert, dass eine 80 Kilogramm schwere Person (bei hohem Luftdruck) genau zehn Zentimeter pro Stunde vorwärts bewegt wird. Erhöht sich aus irgendeinem Grund der Widerstand des Gesamtsystems, sei es durch die Folie eines Obstriegels, einen Holzkeil oder einen frei gewordenen Fuß, der sich in die Dielen stemmt, so erhöhen die Motoren ihre Leistung genau in dem Maße, wie sich der Widerstand des Gesamtsystems erhöht hat. So ist gewährleistet, dass der Schlitten immer genau zehn Zentimeter pro Stunde vorankommt.

Die Arbeit an dieser Anlage hatte rund einen Monat in Anspruch genommen. Vor Ort im Tessin hatte ich immer bis spät in die Nacht gearbeitet, und die Anlage funktionierte anfangs nicht wie erwartet. Ich beschloss, nicht mehrere Regelkreise auf einmal zu programmieren, sondern jeden einzelnen Zwischenschritt gründlich auf seine Praxistauglichkeit zu überprüfen. Nach unzähligen Testläufen war es dann endlich soweit, der Schlitten funktionierte einwandfrei, und auch der zu erwartende Gewichtsunterschied zwischen mir und der Person, für die die Anlage bestimmt ist, gab keinen Anlass zur Sorge; die Eingangsparameter lassen sich mit der Software, die den Mikrocontroller steuert, innerhalb weniger Minuten korrigieren.

KAPITEL 49

In der Schweiz fuhr ich zunächst einige Kilometer über Land und dann auf die Autobahn. Die Fahrt verlief ruhig und ohne besondere Vorkommnisse. Ich hielt mich strikt an die Geschwindigkeitsbegrenzungen, hörte den Verkehrsfunk wegen möglicher Staus ab und passierte die staugefährdeten Verkehrsknotenpunkte rund um Zürich vor dem mittäglichen Berufsverkehr. Da ich nicht angehalten hatte, wusste ich nicht, ob der Gefangene im Kofferraum das Bewusstsein wiedererlangt hatte, und machte mir Sorgen. Schließlich kam ich zu dem Schluss, dass mir dieses Wissen ohnehin nichts nützen würde und ich so schnell wie möglich weiterfahren musste. Als ich den Gotthard erreichte, waren fast zweieinhalb Stunden vergangen. Normalerweise ist dort viel Verkehr, so dass es manchmal schneller geht, über den Berg zu fahren. Was sollte ich tun? Es gab keine Staumeldung, also riskierte ich die Fahrt durch den Tunnel. Man sieht, wie weit ich von meinem ursprünglichen Grundsatz, mich bei jeder noch so kleinen Entscheidung an die strengen Regeln der Logik zu halten, bereits abgewichen war. Es war kein bewusster Prozess, aber die Geschwindigkeit, mit der ich von meiner Linie abgewichen war, war atemberaubend, und ich musste mich fragen, wie weit ich wohl kommen würde, wenn ich mich de facto nicht mehr an meine eigenen Regeln hielt.

Die Antwort war eigentlich ganz einfach, ich musste nicht lange überlegen: Die Gleichung hatte einfach zu viele Unbekannte. Wie Bergsteiger im Hochgebirge, die trotz aller Vorsichtsmaßnahmen immer vom Absturz bedroht sind, hätte ich damit rechnen müssen, dass die richtungsweisenden Parameter dieses Abenteuers auf Dauer unkontrollierbar sind. Ernüchtert musste ich mir eingestehen, dass mich die Aufgabe überfordert hatte. Ich war zwar noch nicht abgestürzt, aber das war zweifellos nur einer Reihe glücklicher Umstände zu verdanken. Einer dieser Umstände lag nun vor mir: freie Fahrt durch den Gotthard.

Als ich mein Ziel erreichte, waren weniger als vier Stunden seit der Entführung vergangen. Ich stieg aus dem Auto, vergewisserte mich, dass niemand in der Nähe war, öffnete die Haustüre und dann, mit einer falschen Beretta in der Hand, den Kofferraum.

Dort lag der Mann in Fötushaltung, bereit für eine todbringende Wiedergeburt. Sein Brustkorb hob und senkte sich langsam und gleichmäßig. Vorsichtig überprüfte ich den Sitz der Handschellen und dass das Klebeband über dem Mund nicht verrutscht war. Ich zog fest an der Jacke, aber der Mann rührte sich nicht. Mit einem gewaltigen Ruck hievte ich den Oberkörper über die Hinterkante des Kofferraums und rollte den Gefangenen kopfüber aus dem Wagen. Der Körper fiel zu Boden wie ein Sack Kartoffeln. Stöhnen. Ich packte den Mann unter den Armen und schleifte ihn ins Haus. Im Wohnzimmer blieb mir vor Anstrengung die Luft weg. Es dauerte eine Ewigkeit, bis ich endlich weitergehen konnte. Im Hinterzimmer ließ ich den Mörder fallen, setzte mich auf den Hocker neben dem Holztisch, auf dem der Laptop mit der Steuerungssoftware stand, und fühlte meinen Puls. Es waren 180 Schläge pro Minute, viel zu viel für jemanden, der einen kühlen Kopf bewahren muss. Ich brauchte dringend eine längere Pause. Aber es waren schon viereinhalb Stunden seit dem Zugriff vergangen, und ich rechnete mit weiteren dreieinhalb Stunden für die Rückfahrt nach Deutschland. Ich musste vor fünf Uhr nachmittags zu Hause sein.

Um genau zu sein, musste ich noch vor Dienstschluss beim Landgericht Konstanz vorsprechen, um mich, von einem erholsamen Tagesausflug über den Bodensee zurückgekehrt und durch die Rundfunkmeldungen und die ungewöhnliche

Polizeipräsenz aufgeschreckt, nach den Hintergründen der allgemeinen Aufregung zu erkundigen.

Der leblose Körper lag nun direkt vor dem Schlitten. Ich setzte mich auf die Sitzfläche, griff dem Mann unter die Achseln und zog ihn mit aller Kraft nach oben. Dabei verlor ich das Gleichgewicht und fiel, den Mörder meiner Tochter mit den Armen umklammernd, rückwärts in den Schlitten, so dass er mit dem Hintern auf meinen Schoß rutschte. Der Schlitten ächzte unter unserem beiderseitigen Gewicht, und es konnte nicht mehr lange dauern, bis er irreparabel beschädigt war. In Panik mobilisierte ich meine letzten Kräfte, richtete mich auf, hob ein Bein und trat seitlich nach hinten. Dadurch sackte der Körper in den Schlitten, drohte aber nun seitlich wegzukippen. Schnell zog ich den Gurt aus der Hose. Den Oberkörper mit einer Hand abstützend, legte ich den Gürtel um die Brust des Mörders und schnallte ihn fest. Nun sank ich auf den Hocker und saß, die vor Anstrengung flatternden Unterarme auf die Oberschenkel gestützt, eine Weile atemlos da. Als ich mich wieder aufrichtete, blickte ich geradewegs in ein Paar weit aufgerissener Augen. Gott weiß, wie lange dieser scharfe, durchdringende Blick schon auf mir ruhte. Ich konnte diesen Blick nicht ertragen und ging sofort in die Offensive.

„Was starrst du mich so an, du Ungeheuer? Verrecke, du Schwein!" Dann rannte ich laut schluchzend aus dem Haus.

KAPITEL 50

Plötzlich stand ich mitten im Wald. Etwas Dunkles, Bedrohliches pulsierte dort, aber ich konnte nicht erkennen, was es war. Schnell lief ich zum Haus zurück. Zum hundertsten

Mal vergewisserte ich mich, dass der schwere Vorhang, der das Fenster zum Hinterzimmer bedeckte, undurchsichtig war. Ja, man konnte wirklich nicht hineinsehen, keine Umrisse waren zu erkennen. Vorerst beruhigt betrat ich das Haus. Zunächst schien alles wie immer, doch dann bemerkte ich Erdkrümel und Schleifspuren, die der grobkörnige Sand in den Holzfußboden gegraben hatte. Auch vor dem Haus waren Schleifspuren zu sehen. Was nun?

Zuerst untersuchte ich den Zustand meines Gefangenen. Seine Augen waren geschlossen, vielleicht war er wieder eingeschlafen, vielleicht tat er auch nur so. Ich fesselte seine Fuß- und Handgelenke mit festem Klebeband. Dann holte ich die K.-o.-Tropfen aus der Küche und träufelte einige auf einen Löffel. Der Unterkiefer ließ sich leicht öffnen, und ich sah, wie die Flüssigkeit über die Zungenwurzel in den Rachen lief. Der Mörder hustete und spuckte aus, aber sein Schluck-reflex funktionierte, so dass ich sicher war, dass er einen Teil der Flüssigkeit geschluckt hatte. Dann holte ich den Besen aus dem Schuppen und fegte den Hof. Ich fegte auch die Stube, aber die Kratzspuren auf dem Dielenboden, die sich schräg durch die Stube bis zur Zimmertür zogen, ließen sich nicht beseitigen. Ich überlegte angestrengt. Ein alter Teppich, über die Rillen gelegt, würde vorerst genügen. Ich ging in die Küche, nahm ein Tablett aus dem Schrank, eines, wie man es aus Krankenhäusern kennt, mit Haltemulden für Teller und Gläser, legte zwei Stücke Sandkuchen und eine Flasche Wasser darauf und ging damit ins Hinterzimmer. Der Mörder schlief tief. Ich öffnete seine Hose und zog sie ihm über die Knie. Ich füllte etwas Wasser in den Eimer unter dem Sitz, als Lösungsmittel für Urin und Fäkalien. Dann wickelte ich eine weitere Schicht Klebeband über seine Ober- und Unterschenkel, stellte das Tablett auf seinen Schoß und testete, indem ich seine schlaffen Arme mit meinen Händen führte, ob er, gefesselt mit Handschellen, in der Lage sein würde, Nahrung zu seinem Mund zu führen. Als es zu funktionieren schien, riss ich den Mundknebel ab, legte den betäubten Kopf in den Nacken und träufelte vorsichtig Wasser in den Mund. Aber die K.-o.-Tropfen hatten ihre volle Wirkung entfaltet und der Schluckreflex war unterbrochen, so dass der Gefangene zu ersticken drohte. Ich drückte seinen Kopf nach vorne, woraufhin er sich übergab und ein ekelerregender Brei aus Speichel und Erbrochenem aus seinem gelähmten Mund quoll. Ich wischte die Schweinerei schnell weg, schließlich hatte ich vor, mich noch eine Weile mit dem Tier zu beschäftigen und sah keinen Sinn darin, dies in einer nach Kot, Urin und Erbrochenem stinkenden Umgebung zu tun. Ich warf den Lappen ins Waschbecken, wusch mir die Hände und verließ das Haus. Die Uhr zeigte Viertel nach eins. Fünfeinhalb Stunden waren vergangen.

KAPITEL 51

Gegen halb fünf kam ich in Konstanz an. Die Regionalsender hatten schon mehrfach über den Vorfall berichtet. Ich fuhr direkt zum Landgericht und fragte nach Frau Müller, der Sekretärin des Richters. Als ich das Vorzimmer betrat, kam sie mir mit reichlich betrübtem Gesicht entgegen. Die Krähenfüße um die Augen traten deutlich hervor, was ich als Zeichen echter Betroffenheit wertete.

„Der Mörder Ihrer Tochter ist heute Morgen bei der Verlegung in den Maßregelvollzug entführt worden. Das ist schrecklich. Soweit ich weiß, wurde er noch nicht gefasst, aber ich kann Ihnen versichern, dass die Polizei alles, aber auch wirklich alles unternimmt, um ihn zu fassen. Ich habe mehrmals versucht, Sie telefonisch zu erreichen, aber Sie waren nicht erreichbar, es tut mir so leid!"

Ich mimte den Schockierten und ließ mich auf den Stuhl fallen, nur um Sekunden später unter vorgetäuschter Atemnot meine viel zu eng gebundene Krawatte zu lockern. Als ich dabei an mir herunterblickte, bemerkte ich Staub auf meinen Schuhen. Das war Tessiner Erde, die ich besser nicht hierher geschleppt hätte. Ich beschloss, den Besuch bei der Sekretärin drastisch abzukürzen; es zählte nur, dass man mich rechtzeitig in Konstanz sah. In Anerkennung meines körperlichen Unwohlseins bat ich um ein Glas Wasser, worauf mich Frau Müller fragte, ob sie einen Arzt rufen solle. Ich verneinte, es sei nur der Schock über die Nachricht, die mich auf der Rückfahrt von einem Tagesausflug nach Vorarlberg erreicht habe.

„Ich bin hergekommen, um mich zu vergewissern, ob der Flüchtige wirklich der Mörder meiner Tochter ist. Jetzt weiß ich es." Mit diesen Worten stand ich auf und ging zur Tür.

Als nächstes musste ich zur Polizeistation. In einem Getränkemarkt auf dem Weg kaufte ich eine Flasche Wasser, die ich zum Schuheputzen brauchte. Ein Lappen war im Auto, der Dreck auch. Ich durfte nicht vergessen, das Auto einer gründlichen Reinigung zu unterziehen, aber dafür war noch Zeit.

Auf der Wache war viel los, aber als ich mich ausgewiesen hatte, ging alles ganz schnell. Der zuständige Sachbearbeiter war nicht im Dienst, so dass ich zu seinem Stellvertreter, einem korpulenten Mann im Rang eines Polizeiobermeisters, vorgelassen wurde. Er könne noch nichts Konkretes sagen, sagte der stiernackige Mann mit dem opernreifen Bass, er dürfe es auch nicht, und ich sei da keine Ausnahme. Ob ich denn nicht irgendwie über den Fortgang der polizeilichen Ermittlungen informiert werden könne, fragte ich.

„Sie können sich jederzeit an uns wenden, aber ich kann

Ihnen versichern, dass wir Ihr Informationsbedürfnis nicht befriedigen werden. Sie müssen verstehen", fügte er hinzu, „dass wir jede Form von Behinderung oder unsachgemäße Weitergabe von Informationen im Rahmen unserer Ermittlungen ausschließen müssen. Es ist weder in unserem noch in Ihrem Interesse, dass Fakten, die zur Ergreifung der Bande führen könnten, an die Öffentlichkeit gelangen. Das würde im schlimmsten Fall den Tätern in die Hände spielen."

„Ich verstehe", sagte ich ernst und bat noch einmal, innerlich triumphierend, um Verständnis für meine Situation. Die Polizei hatte keine Ahnung, sie war zumindest für den Moment in die Falle getappt. Sie hatte sich vom Augenschein leiten lassen, für sie handelte es sich um eine gewaltsame Befreiung durch eine kriminelle Bande. In einem Anflug von Selbstgefälligkeit erwiderte ich den kühlen Blick des Polizisten mit Ekel und Abscheu, beides Affekte, die der Situation nicht angemessen waren.

Auf dem Weg nach draußen redete ich mir ein, dass nichts passiert sei, aber nein, es war nichts, ganz bestimmt nichts.

KAPITEL 52

Die Nacht verbrachte ich zu Hause in Konstanz, unruhig und unschlüssig. Aber warum mich jetzt um den Schlaf bringen? Unwägbarkeiten muss man offensiv begegnen. Nur wer sich seinen Ängsten stellt, hat Aussicht auf Erfolg. Exposition – so lautet das Credo der Angstbewältigung. Aber was rede ich von Angstbewältigung, im Grunde war ich nie ein Feigling gewesen, immer meines Glückes Schmied und Regisseur des Schauspiels, das man Leben nennt.

Aber etwas widersetzte sich nun den Anweisungen des Regisseurs: Die Polizei folgte der Spur, auf die ich sie gesetzt hatte. Und doch dieser Wankelmut! Ich hatte doch alles getan, um den Gefangenen sicher zu verwahren? Erneut nagte der Zweifel an mir, aber ich durfte nicht nachlassen, ich musste den Plan zu Ende führen und Carolina zu ihrem natürlichen Recht auf Wiedergutmachung verhelfen. Wie konnte es da Zweifel geben?

Da ich nicht schlafen konnte, ging ich durch das Haus. Ich inspizierte Zimmer für Zimmer. Plötzlich stand ich vor Carolinas Zimmer. Vorsichtig öffnete ich die Tür, aber etwas hinderte mich daran, hineinzugehen. Ich drehte mich um und wollte gerade die Tür hinter mir schließen, als mich ein furchtbarer Schreck durchfuhr. Da lag etwas in Carolinas Bett! Etwas Langes, Großes, mit dichtem schwarzem Haar auf dem Kopf, das deutlich unter der Decke hervorlugte.

„Carolina!" schrie ich, drückte den Lichtschalter und rannte zum Bett.

Aber da lag nur Teddy, der Bär, den Carolina über alles geliebt hatte, das greifbare Symbol ihrer zarten Empfindungen und unschuldigen Träume.

„Mein Gott", schrie ich entsetzt, „was geschieht mit mir?

Ich stürzte die Treppe hinunter und lief weinend hinaus in den Garten, wo die reglosen Bäume stumme Zeugen der tiefsten Verzweiflung waren, die ein Mensch zu ertragen imstande ist.

KAPITEL 53

Am nächsten Tag kam ich gegen zehn Uhr morgens im Tessin an. Das Haus war in warmes Licht getaucht, in den vom Wind umspielten Baumkronen tanzten Farben und Schatten, schemenhaft und unwirklich wie bei Monet. Die Vögel zwitscherten fröhlich, und aus dem Tal war das dumpfe Hämmern von Äxten zu hören, die sich in Baumstämme schlugen. Ich ging auf die Rückseite des Hauses, überprüfte noch einmal das Fenster und fand es fest verschlossen und von dem schweren Vorhang verdeckt, genau so, wie ich es tags zuvor verlassen hatte.

Drinnen sah ich den Mann; er saß reglos da und starrte an die Wand, steif und unbeweglich wie eine Statue. Ich setzte mich auf den Stuhl neben dem kleinen Tisch an der Nordseite des Zimmers und schaltete den Laptop ein. Ich betrachtete den Mann lange und intensiv, aber nicht so, wie man einen lebendigen Menschen betrachtet, sondern eher wie ein Exponat in einer Kunstausstellung, eine Wachsfigur in einem Gruselkabinett.

Irritiert spürte ich eine Art Enttäuschung, eine Desillusionierung, auf die ich nicht vorbereitet war. Aber was hatte ich erwartet? Zunächst einmal sah der Mann ganz anders aus, als ich ihn mir vorgestellt hatte. Für einen Moment zweifelte ich daran, dass er der Mörder meiner Tochter war. Dieser Mann war der Gegenentwurf zu allen klassischen Bösewichten, der Gegenentwurf zum aufgedunsenen, glatzköpfigen, ständig schwitzenden Wurstfresser mit den fiesen kleinen Mausaugen und nichts als Bosheit und Niedertracht hinter der fettigen Stirn.

Selbst nach zwei Tagen Gefangenschaft machte der schlanke, sportliche Mann noch einen recht gepflegten Eindruck. Barthaare und Fingernägel waren vor kurzem geschnitten worden, nirgendwo Schmutzränder. Hatte ich den Falschen erwischt? Aber nein, eine Verwechslung war ausgeschlossen, ich hatte es ja schwarz auf weiß. Die Polizei suchte Ludwig G., den Blumenmörder, wie die Leute ihn nannten, und der saß nun vor mir.

Ich schätzte sein Alter auf etwa fünfzig Jahre. Er hatte volles, an den Schläfen leicht ergrautes Haar, das sich unprätentiös um seinen wohlgeformten Kopf schmiegte. Unter der kurzen Stirn verliefen zwei fein geschwungene Linien zu einem Paar bernsteinfarbener Augen. Es ist unmöglich zu sagen, welchen Eindruck diese Augen auf einen unbefangenen Betrachter gemacht hätten. Ich fürchte, man hätte sie als ausdrucksvoll empfunden: schöne Augen mit Würde und Tiefe.

Für mich hingegen waren es die Augen eines menschenfressenden Tigers, die tödliche Kraft in blendende Anmut kleideten.

Zwischen den Brauen erhob sich ein schmaler Nasenrücken, an dessen Spitze die Flügel steil abfielen, ohne jedoch den Eindruck von Schmächtigkeit zu erwecken. Das Gesicht war außerordentlich symmetrisch, Nase, Augen und Wangenknochen wie auf dem Reißbrett gezeichnet, das Kinn in perfektem Lot zur Nasenwurzel. Aus dem sehnigen Hals ragte ein spitzer Adamsapfel, der auf eine tiefe Stimme schließen ließ. Und doch, wie zum Ausgleich der kantigen Männlichkeit, umgab den Mann eine kaum bestimmbare, samtige Weichheit, die von den Augen ausging und etwas Einladendes hatte.

Plötzlich ergriff er das Wort. Er bat um ein Glas Wasser. Von dem sanften Bariton der Stimme auf seltsame Weise in den Bann gezogen, ging ich in die Küche. Der Mann trank gierig, aber koordiniert, kein Tropfen ging daneben. In diesem Moment bemerkte ich den Geruch von Ammoniak, aber ich begriff es erst, als ich zwischen seine Beine blickte. Urin lief von den Oberschenkeln auf den Rand der Sitzfläche und tropfte von dort am Eimer vorbei auf den Boden. Ich stieß einen Fluch aus, lief in die Küche und kam mit einer Schüssel Wasser und drei Handtüchern zurück. „Steh auf, steh auf!" Der Mörder rückte vor und hob seinen Hintern hoch. Ich wischte auf, was ich konnte, und dann drückte ich den Mann so fest in die Öffnung, dass er vor Schmerz aufschrie.

„So bleibst du jetzt sitzen, bis dein letztes Stündlein geschlagen hat, du Bestie." Ich schäumte vor Wut. „Du verdammtes Miststück! Ich werde dich bestrafen für das, was du getan hast. Dies ist dein Armageddon, du Mörder. Ich werde dich richten im Namen von Carolina, meiner geliebten Tochter, die du ermordet hast!"

Ein plötzlicher Impuls befahl mir, mich zurückzuziehen. Ich schlug die Tür zu und ging zum Fenster, um frische Luft zu schnappen. Aber dazu kam es nicht. In der Scheibe spiegelte sich ein Mann, den ich nur mit Mühe erkannte. Es war ich selbst: ein Gesicht, das nach Verwesung aussah. Instinktiv schlug ich die Hände vor den Kopf und sah noch einmal hin. Es war das Bild einer Leiche.

KAPITEL 54

Ich fühlte eine bleierne Müdigkeit. Ich taumelte hinaus auf den Feldweg, der nach dreißig Metern steil abfiel und sich in weiten, langen Serpentinen hinunter ins Tal schlängelte. Dann blieb ich stehen und spürte wieder diese schwere, tiefe Leere in mir. Ich lauschte. Die Äxte hatten aufgehört, sich in den Wald zu graben. Sonst drang das Gebell der Hunde aus dem Tal weit in die Berge, und das Flöten und Trillern der

Singdrosseln erfüllte die Luft. Und jetzt? Nichts dergleichen. Erstaunt und zugleich befremdet von der ungewohnten Stille bemerkte ich in der Ferne ein Fahrzeug. Es war noch weit weg. Vielleicht ein Traktor, vielleicht das Auto eines Touristen. Das Fahrzeug verschwand hinter einer Kurve und tauchte kurz darauf wieder auf. Schließlich erkannte ich einen Aufsatz auf dem Dach und schloss daraus, dass es sich um ein Taxi handeln musste. Oh Gott, ein Taxi!

Ich rannte ein Stück den Weg hinunter, machte dann aber kehrt und holte meinem Wagen. Ich musste mich dem Eindringling in den Weg stellen, bevor er das Haus erreichen konnte. Zwei Serpentinen weiter, das waren gerade mal sechshundert Meter, bog das Taxi schon um die nächste Kurve.

Zwei Minuten später hielt es direkt vor mir. Der Fahrer winkte mich zurück, aber ich stieg aus und ging ihm entgegen. Ich wollte unbedingt wissen, wer in dem Auto saß. Die hintere Tür öffnete sich und ich wusste es. Sie sah mich ungläubig an.

„Martin, da bist du ja! Ich habe dich überall gesucht. Du warst nicht zu erreichen, ich habe mir Sorgen gemacht."

Natalie! Ich betete um einen klaren Gedanken.

„Komm, Martin, lass uns nach oben gehen."

Ein dummes Lachen war die Antwort. Dann endlich Worte: „Nein, lass uns ins Dorf gehen, zu Don Giovanni. Da können wir reden, was meinst du?

Der Fahrer sah auf die Uhr. „Du wirst fürs Warten genauso bezahlt wie fürs Fahren", dachte ich und warf ihm einen wütenden Blick zu.

„Martin, wir sind gerade mal fünfhundert Meter von unserem Haus entfernt, bis zu Giovanni sind es sechs Kilometer, lass uns einsteigen und reden."

„Auf keinen Fall", fauchte ich und deutete auf unser Auto, „wir steigen jetzt in dieses Auto und fahren ins Tal. Ich habe eine Riesensauerei zu Hause. Da kannst du jetzt nicht rein. Ich habe den Boden mit Chemikalien gereinigt, das stinkt und ist giftig, man kann kaum atmen." Es war eine dumme Lüge, aber ich hoffte, sie würde funktionieren.

„Siehst du, Martin, deshalb bin ich hier. Du bist so seltsam, du warst es, als wir uns das letzte Mal sahen, und jetzt bist du es wieder. Ich mache mir Sorgen um dich, du brauchst Hilfe."

Ich ging zum Taxi, fragte nach dem Fahrpreis, bezahlte mit einem großzügigen Aufschlag und wies den Fahrer an, bis zu der Wendeplatte zurückzufahren, um von dort aus den Rückweg anzutreten. Ich tat dies mit so viel Nachdruck, dass der Fahrer, ein schmächtiger Mann um die vierzig, es nicht wagte, mir zu widersprechen. Natalie folgte mir widerwillig zum Wagen, wo sie schweigend auf dem Beifahrersitz Platz nahm, bis wir auf dem Parkplatz von Don Giovanni ankamen. Wir setzten uns in den großen italienischen Garten, der mitten im Sommer noch frühlingshafte Züge trug. Aber in Natalies Gesicht war nichts Frühlingshaftes.

„Martin", begann sie in dem hochtrabenden, leicht vorwurfsvollen Ton, den sie immer anschlug, wenn es ernst wurde, „sag mir, was mit dir los ist!"

„Giovanni!", rief ich und wandte mich dankbar an den gerade herbeigeeilten Wirt, „wie schön, dich zu sehen!" Es folgte ein Reigen von Begrüßungen und Gesten der herzlichsten Verbundenheit mit uns, den gern gesehenen Gästen, die der Wirt schon viel zu lange nicht mehr begrüßen durfte. Die Ablenkung war mir mehr als willkommen, zumal Giovanni, ein Vorzeigemacho in den besten Jahren, der angesichts weiblicher Blüte wie auf Knopfdruck in Wallung zu geraten pflegte, sich augenblicklich Natalie zuwandte. Als er sich schließlich anschickte, die Bestellung zu erledigen, hatte ich genügend Zeit für strategische Überlegungen gehabt. Natalie nippte an ihrem Cappuccino und begann von vorne: „Was du in letzter

Zeit gemacht hast, ist ziemlich merkwürdig. Du gibst mir Rätsel auf, Martin. Du verschwindest einfach so, mir nichts, dir nichts, nach allem, was passiert ist? Und neulich am Telefon, was hast du dir dabei gedacht? Du hast geklungen wie ein Verrückter, es tut mir leid, dass ich dir das so sagen muss, verwirrt, konfus, furchtbar aggressiv, so habe ich dich nie gekannt. Ich habe mir große Sorgen gemacht. Ich weiß, du willst mich nicht mehr, Martin, und ich ... Ich weiß nicht", stammelte sie, den Tränen nahe, „nach allem, was uns widerfahren ist, sollten wir uns doch wenigstens ein bisschen umeinander kümmern. Ich habe übrigens mit Amelie und Karl gesprochen. Sie haben meinen Eindruck bestätigt, du weißt schon, dein Wutausbruch zu Hause im Garten, als Amelie auf die Toilette wollte. Ich bitte dich, Martin, sei vernünftig und lass dir helfen ...

„Gut", unterbrach ich sie resolut, „jetzt lass mich bitte auch zu Wort kommen. Ich kann dir alles erklären."

Das Wichtigste war jetzt, einen vernünftigen Eindruck zu machen. Meine Nachlässigkeit hatte schon viel Schaden angerichtet und Natalie konnte mir sehr gefährlich werden.

„Also Natalie, das von vorhin, das ist so ... Ich bin hergekommen, um mich ein paar Tage zu erholen. Ich habe selber gemerkt, dass es bei mir drunter und drüber geht. Ich habe mich ein paar Mal danebenbenommen, das tut mir sehr leid, aber Männer sind manchmal so. Wenn sie unter Druck geraten, gehen sie in die Offensive und schlagen wahllos um sich. Dieser Bastard, der uns Carolina weggenommen hat – ich komme einfach nicht darüber hinweg. Wenn ich dich anschreie oder Karl oder Amelie, dann ist es in Wirklichkeit er, auf den ich wütend bin, den ich schlage, den ich verurteile. Das verstehst du doch, oder?"

„Natürlich verstehe ich das", antwortete Natalie trocken, „ich verstehe es besser als jeder andere. Aber du schadest nicht nur dir selbst, du schadest auch anderen. Wozu soll das gut sein? So kannst du nicht leben, das ist Selbstzerstörung."

Natalies Pupillen funkelten wie schwarzer Onyx, ihre Stimme war hart wie Diamant: „Ich möchte, dass du Hilfe in Anspruch nimmst, Martin. Ich bin deine Frau, ich bestehe darauf. Ich will nicht, dass du durchdrehst und Dinge tust, die du bereuen wirst."

Ich spürte, dass ich meinen Widerstand jetzt aufgeben musste, denn er würde das Gegenteil von dem bewirken, was ich erreichen wollte.

„Gut, Natalie, ich werde tun, was du sagst. Gib mir zwei Tage, nur zwei Tage. Ich muss einfach wieder zu mir selbst finden. Dann lasse ich mich in eine Klinik einweisen. So schnell wie möglich. Das geht schnell, ich bin privat versichert, ich bekomme sofort einen Platz. Versprochen."

„Und woher weiß ich, dass ich mich darauf verlassen kann?"

„Ich rufe dich an, versprochen. Ich sage dir, wo ich bin und wie es läuft. Du kannst auch nach Hause kommen, ich würde mich freuen. Vielleicht komme ich in die Tagesklinik. Dann wäre ich abends zu Hause."

„Warum habe ich das Gefühl, dass ich dir nicht vertrauen kann?"

„Ich weiß es nicht", sagte ich. „Vertrau mir einfach!" Die Antwort war dämlich, ich wusste es, sie wusste es.

„Martin, machen wir es so: Wenn du mir nicht innerhalb von drei Tagen glaubhaft versichern kannst, dass du dich angemeldet hast, werde ich einen Einweisungsbeschluss in die Psychiatrie erwirken, das schaffe ich schon. Wenn die Wartezeit zu lang ist, gehst du bitte in die Ambulanz. Hast du mich verstanden?"

Das war übergriffig und unverschämt. Unter normalen Umständen hätte ich mich vehement gegen diese Anmaßung gewehrt, aber die Vernunft gebot mir, ruhig zu bleiben. Also spielte ich den Zerknirschten und willigte ein. „Kannst du mich zum Bahnhof bringen?", fragte Natalie schließlich. Ich nickte stumm. Ein leichtes Lächeln huschte über mein Gesicht. Nur gut, dass Natalie es nicht bemerkte.

KAPITEL 55

Nachdem ich Natalie zum Bahnhof gebracht hatte, ging ich zum Ferienhaus zurück. Ich setzte mich auf die Bank vor der Haustür und dachte angestrengt nach. Würden zwei Tage reichen, um den Mörder seiner gerechten Strafe zuzuführen? So wie er es verdient hatte? Ich hatte ihn gerade erst hergebracht, die eigentliche Arbeit lag noch vor mir.

Eine Weile brütete ich dumpf vor mich hin, dann ging ich ins Haus, um mir Gesicht und Hände zu waschen. Es war mucksmäuschenstill im Hinterzimmer. Wie war das möglich? War der Mörder wieder eingeschlafen? Wie um alles in der Welt konnte ein Mensch in einer so prekären Lage so viel schlafen? Sicher war es eine List, eine Falle, eine falsche Fährte, die er gelegt hatte, um mich zu verwirren.

Der Mann saß hellwach in seinem Schlitten. Er sah mich mit irritierender Ruhe an. Wie aus dem Nichts wurde ich wütend.

„Was ist los, was glotzt du so blöd? Hast du nichts Besseres zu tun? Ich will dir sagen, was du zu tun hast. Sterben sollst du, sterben!"

War es die Wut über den Mord oder war es das plötzliche Aufflammen einer unter der Oberfläche schwelenden Verzweiflung? Der Zorn des Gerechten über das ihm widerfahrene Unrecht?

Nein, das war es nicht. Es war eher etwas Künstliches, eine Art moralische Entrüstung, die sich hier Luft verschaffte, ohne freilich zu wissen, wohin sie führte. Ich hatte den Mörder meiner Tochter in der Hand. Und es war meine Pflicht, meinem gerechten Zorn Ausdruck zu verleihen.

Die folgende Bemerkung brachte mich vollends aus der Fassung.

„Darf ich fragen, mein Herr, wer Sie sind?" Der Gefangene sprach in einem ruhigen, fast heiteren Ton, mit der Verwunderung eines Kindes, das einen Spielzeugladen betritt.

Mein Gehirn erstarrte.

„Hast du gerade gefragt, wer ich bin?"

„Ja", wiederholte der Mann, offenbar völlig verblüfft, „wer sind Sie?"

Ich konnte nicht sprechen, rieb mir die Schläfen. Der Kopfschmerz fühlte sich an, als wolle mir der Teufel höchstpersönlich das Hirn aus den Augenhöhlen quetschen.

Ich hatte ihm schon gesagt, wer ich war: Carolinas Vater, der Mann, dessen Tochter er auf dem Gewissen hatte. Aber warum sagte ich es nicht noch einmal, jetzt, wo er mich danach fragte? Warum schrie ich ihm nicht meinen gottverdammten Namen ins Gesicht – ich bin es, Martin Ultor, Vater, Ankläger, Henker? Ich konnte mir diese plötzliche Hemmung nicht erklären. Eine schreckliche Angst überfiel mich, ich zitterte bei dem Gedanken, dass ich jetzt, wo endlich die Zeit gekommen war, meine Rache zu vollenden, den Mut verlieren könnte. Alles wäre verloren, alles umsonst gewesen.

Minuten später raffte ich mich auf und ging in die Küche. Im Arzneischrank standen Schlaftabletten und K.-o.-Tropfen. Ich träufelte die Tropfen in einen Becher und goss Wasser dazu.

Ich öffnete den Unterkiefer des Gefangenen und schob ihm zwei Tabletten in den Rachen. Er hustete heftig, schluckte die

Tabletten und griff nach dem Becher. Nach einer halben Stunde schlief der Bastard wie unter Narkose. Benzodiazepine sind zu Unrecht als Beruhigungs- und Schlafmittel bekannt. Weder beruhigen sie, noch lassen sie einen erholsamen Schlaf zu. Sie sind Eintrittskarten in ein traumloses Nichts, sie errichten meterdicke Mauern vor dem Bewusstsein. Man erwacht aus einem undefinierbaren Zustand, ohne die geringste Erinnerung an die Zeit der Bewusstlosigkeit, als hätte es sie nie gegeben.

Es war zu keinem Zeitpunkt meine Absicht, diesen Mann über einen längeren Zeitraum unter Drogen zu setzen. Todesangst braucht ein klares Bewusstsein, vor dem sie sich entfalten kann. Aber jetzt kam ich nicht umhin, Medikamente einzusetzen. Ich musste nach Konstanz fahren und von dort aus versuchen, die Situation in den Griff zu bekommen.

Natalie, Amelie und Karl stellten eine Bedrohung dar. Außerdem galt es, die Aktivitäten der Polizei im Auge zu behalten. Ich wartete einige Minuten und schaute noch einmal nach. Der Gefangene war bewusstlos. Ich bereitete etwas zu essen vor, ein Brötchen, ein Stück Käse, Wurst, dazu noch ein Glas Wasser und stellte alles in seine Reichweite.

Auf dem Weg ins Tal fragte ich mich, ob die Rechnung unter den gegebenen Umständen noch aufgehen würde.

KAPITEL 56

Die Rückfahrt nach Deutschland zog sich endlos hin. Endlich kam ich zu Hause an. Das Haus war leer. Natalie hatte sich an die Abmachung gehalten und ich atmete auf. Sie würde nichts gegen mich unternehmen, zumindest nicht sofort.

Lustlos nahm ich das Telefonbuch zur Hand und suchte nach den Einträgen der umliegenden psychosomatischen Kliniken. Ich wählte drei aus und griff zum Telefon – das mir in diesem Moment zuvorkam.

Es war die Sekretärin des Landgerichts.

„Herr Ultor, es gibt gute Nachrichten!"

Misstrauisch hörte ich zu, was sie zu sagen hatte, denn gute Nachrichten konnte es nicht mehr geben. „Die Polizei hat heute Morgen einen der Entführer festgenommen. Er wird gerade verhört. Es wird sicher nicht mehr lange dauern, bis sie auch die anderen haben."

„Vielen Dank", antwortete ich, unschlüssig, wie ich diese Nachricht einordnen sollte. Aber der ängstliche Ton in meiner Stimme hatte mich längst verraten. Mit einem so schnellen Fahndungserfolg hatte ich nicht gerechnet. Wer weiß, was der Lange – ich war mir sicher, dass sie den dummen Langen erwischt hatten – ausspucken würde.

Die gewohnte Unsicherheit der Gewissenhaften überkam mich. Würde der Lange mich bei einer Gegenüberstellung an der Stimme erkennen?

„Herr Ultor!", rief es aus der Leitung, „sind Sie noch da? Freuen Sie sich nicht?"

Schlecht und recht versuchte ich, die Erwartung meiner Gesprächspartnerin zu erfüllen.

„Ja, ja, vielen Dank für die tolle Nachricht! Ich bin jetzt ganz beruhigt, Sie haben mir sehr geholfen. Auf Wiederhören."

Eine Stunde später stieg ich die Treppe zur Polizeistation hinauf. Drinnen ging es drunter und drüber, und es dauerte eine ganze Weile, bis ich mich in der Warteschlange nach vorne gekämpft hatte. Ich fragte nach Inspektor Lang, dem ermittelnden Beamten im Mordfall Carolina Ultor. Ungerührt teilte man mir mit, dass Herr Lang nicht mehr der ermittelnde Beamte und Herr Greuthner nicht mehr sein Stellvertreter sei, sondern dass Polizeihauptkommissar Malanin die Geschäfte übernommen habe. Dieser befinde sich gerade in einer Vernehmung und dürfe auf keinen Fall gestört werden. Irritiert, aber betont freundlich, bat ich um einen Termin beim Herrn Hauptkommissar. Der Beamte tippte ein paar Zeilen in den Computer. Der Raum war erfüllt vom Stimmengewirr aufgeregter Menschen, überall klapperten Tasten und kratzten Kugelschreiber über Papier. Im Flur öffnete sich eine Tür und ein Polizist trat heraus. Er führte einen Gefangenen am Arm, der plötzlich in meine Richtung blickte. Es war der Kleine! Unsere Blicke trafen sich. Ich drehte mich um und starrte den Polizisten fassungslos an.

„Was ist denn los?", wollte er wissen. Ich aber ging mit hochrotem Kopf wortlos zur Tür hinaus.

KAPITEL 57

Kriminalhauptkommissar Malanin war noch nicht lange in Konstanz im Dienst. Über seine frühere Tätigkeit war wenig bekannt, nur dass er sie in Ostdeutschland ausgeübt haben sollte, und zwar mit großem Erfolg, was immer das heißen mochte. Vielleicht wollte man es auch gar nicht so genau wissen, der Mann aus dem Osten musste sich im Süden erst einmal beweisen. Man munkelte, er habe russische Wurzeln, und es wurde kolportiert, er habe seine Polizeilaufbahn in Russland begonnen, allerdings nicht in Moskau, sondern irgendwo auf dem Land, wo es noch rauer zuging. Ob dies der Wahrheit entsprach oder nicht, konnte nicht in Erfahrung gebracht werden, da es keine Beteiligten und Betroffenen gab, die man hätte befragen können. Jedenfalls verrieten seine slawischen Gesichtszüge, die vor allem dann zum Vorschein kamen, wenn er seinem Gegenüber in die Augen sah, dass er aus dem Land der weiten Ebenen, des Wodkas und der Kälte stammte. Malanin hatte einen leichten Silberblick, der von einer Fehlstellung des linken Auges herrührte und der sein Gegenüber immer glauben ließ, er sehe an ihm vorbei, während er ihn in Wirklichkeit durchbohrte. Unter den ungewöhnlich weit auseinanderstehenden Augen, von denen manche sagten, sie seien eiskalt, während andere im Gegenteil eine durchaus freundliche Zuneigung darin zu erkennen vermochten, erhob sich eine flache, lange Nase, die sich an der Spitze in gewaltigen Flügeln spreizte. Merkwürdigerweise hatte man den Kommissar nie unrasiert angetroffen, auch nicht nach langen Nachtschichten, aber das lag wohl daran, dass er keinen Bartwuchs hatte.

Auf die Frage, was sie an ihrem Vorgesetzten am meisten störte, hätten die Mitarbeiter wohl folgendes geantwortet:

Er raucht nicht, er trinkt nicht (weder bei Betriebsausflügen noch bei Weihnachtsfeiern hatte man ihn je unter dem Einfluss irgendeiner berauschenden Substanz gesehen) und er arbeitet zu viel. Während Enthaltsamkeit und Fleiß gewöhnlich zu den Arbeitstugenden gezählt werden, geht ein Übermaß an Tugend mit einer gewissen Entfremdung von den Mitmenschen einher.

Zu den merkwürdigsten Eigenschaften dieses Mannes gehörte jedoch seine ausgeprägte Schweigsamkeit im Umgang mit seinen Kollegen, die in einem unüberbrückbaren Gegensatz zu dem enormen Mitteilungsbedürfnis stand, mit dem er gegenüber seinen Kunden aufzutreten pflegte. Mit seinen Kollegen sprach Malanin immer nur das Allernötigste, und da der Umfang des Allernötigsten immer von ihm allein definiert wurde, war es wirklich sehr wenig. Dazu kam eine völlige Unempfindlichkeit gegenüber schlüpfrigen Witzen, die er umso mehr ignorierte, je geschmackloser sie waren. Er verstand offensichtlich keinen Spaß, verstand es aber auch, den eifrigen Kollegen den naheliegenden Umkehrschluss zu verderben, dass man ihm ein Übermaß an Ernsthaftigkeit hätte unterstellen müssen: Malanin wirkte bei aller Gewissenhaftigkeit nie verbissen, so dass er als Vorgesetzter ein eher undurchsichtiges Persönlichkeitsprofil abgab.

Eine Praktikantin hatte einmal gesagt, sie habe Hauptkommissar Malanin noch nie lachen sehen. Die Kolleginnen und Kollegen nahmen dies zunächst mit einer gewissen Verwunderung zur Kenntnis, kamen dann aber zu dem Schluss, dass sie wohl recht hatte. Niemand hatte es bemerkt, was wahrscheinlich an der gleichmütigen Sanftheit seines Gesichtsausdrucks lag, der immer freundlich war und sich unter keinen Umständen zu ändern schien. So etwas gibt es nicht? Nun, vielleicht haben Sie Recht; ein genauerer Blick in das Gesicht dieses Mannes hätte uns der Wahrheit nähergebracht. Die Wahrheit, die niemand sehen konnte oder wollte, war das Maskenhafte.

Unter der langen, flachen Nase, die von vorn gesehen weit über die schmalen Lippen hinausragte, lag der Mund in einer vollkommen waagerechten Linie. Nur die Winkel waren leicht nach oben gezogen. Dadurch wirkte das Gesicht skurril und suggerierte Freundlichkeit. Malanins Opfer wurden davon angezogen, sie verhielten sich wie Mücken in der Dämmerung, wenn die Straßenlaternen angehen; ein trügerisches, verheißungsvolles Licht, dann das kurze, fast schmerzlose Brennen im Augenblick der Wahrheit. Es folgt die trostlose Finsternis des Kerkers, in den der listige Kommissar sie von Anfang an zu führen gedachte.

KAPITEL 58

Ich ging direkt nach Hause. Als ich vor der Haustür stand, fiel mir ein, dass ich das Auto vor der Wache stehen gelassen hatte. Ich maß dem keine große Bedeutung bei, schließlich war schon viel Schlimmeres passiert. Was mich jedoch beunruhigte, war die Tatsache, dass es mir offensichtlich immer schwerer fiel, einen kühlen Kopf zu bewahren, wenn etwas Unvorhergesehenes passierte. Ich musste mich einer schonungslosen Selbstprüfung unterziehen. Zu offensichtlich war das Fehlen von Zügeln, die meinen Affekten Einhalt geboten hätten. Der Strom meiner Empfindungen unter dem Einfluss des Zufälligen mündete allzu oft, gleichsam unter Umgehung jeder Kontrolle durch eine Willensinstanz, in vorschnelle Entscheidungen. Ich beschloss, eine psychologische Technik der Impulskontrolle anzuwenden, die, wenn man der wissenschaftlichen Literatur Glauben schenken wollte, bei der Mehrheit der Anwender gute Ergebnisse erzielte. Unter dem Druck unwiderstehlicher Impulse sollte ich laut und deutlich „Stopp" rufen und bis zwanzig zählen, oder, angeblich ebenso gut zur Kontrolle unerwünschter Impulse geeignet, mein Lieblingslied anstimmen, das zwar schon in die Jahre gekommen war, aber immer noch ganz besondere Gefühle in mir auslöste. Ich muss gestehen, dass ich, seit Jahren mit den unumstößlichen physikalischen und biologischen Gesetzen der Natur vertraut, kein besonders gutes Verhältnis zu den Errungenschaften der wissenschaftlichen Psychologie entwickelt hatte, die mir, mathematisch völlig unzureichend beschrieben, überaus fehlerbehaftet und daher wertlos erschienen. Aber ich war in Not, und in Not tun es auch Placebos, weiß der Kuckuck warum.

Irgendwann schlurfte ich zum Kühlschrank, der leer war. Ich wollte gerade für Nachschub sorgen, als es an der Tür klingelte.

Ich drückte auf den Türöffner und trat in den Flur. Vor mir stand ein hagerer Mann mit blaugrünen Augen und dunkelbraunen Haaren, die in einem sauberen Seitenscheitel über die linke Schläfe gezogen waren. Die Füße militärisch eng aneinandergestellt, beugte er sich vor und streckte mir mit ausgestrecktem Arm die Hand zum Gruß entgegen.

„Guten Tag, mein Name ist Malanin. Kommissar Oleg Malanin. Ich leite die Ermittlungen im Fall Ultor. Sie sind Martin Ultor, nehme ich an?"

„Stopp", rief ich plötzlich und summte sogleich die ersten Takte von „Let it be" vor mich hin. Der in Zivil gekleidete Kommissar schien den Unsinn nicht bemerkt zu haben. Auf seinem Gesicht war nicht die geringste Regung zu erkennen. Er schien nur darauf zu warten, dass ich ihn hereinbat. Ich kam der stummen Aufforderung nach, führte den Mann ins Haus und bat ihn, auf dem Wohnzimmersessel am Kamin Platz zu nehmen. Ich fragte ihn, ob er etwas trinken wolle, was er verneinte, schenkte mir aber Leitungswasser ein. Erst jetzt fiel mir auf, in welch ungewöhnlicher Kleidung der Kommissar erschienen war. Bis auf das mintgrüne Hemd aus feinstem Harris-Tweed mit je drei Manschettenknöpfen, zweifellos von höherer Qualität, und die ebenso hochwertige, aber geradezu grotesk bunte Tweedkrawatte, die nur mit einem Knoten gebunden war, war der Mann ganz in braunen Loden gekleidet. Die Passform war perfekt, die Weste in Farbe und Schnitt genau auf das Sakko abgestimmt, auch die Hose saß wie angegossen. Dazu ein Paar elegante italienische Wildlederschuhe (italienische und die geschmacklosen deutschen Fabrikate sind so grundverschieden, dass man sie auf den ersten Blick erkennt). Schließlich trug der Kommissar am linken Zeigefinger einen auffallend großen Ring mit einem schön geschliffenen roten Stein in einer silbernen Fassung, der vielleicht wertvoll, aber sicher kein Rubin war. Für einen Kriminalkommissar war das eine recht merkwürdige Aufmachung – geradezu prätentiös.

Gespannt musterte ich mein Gegenüber. Der Kommissar sagte zunächst kein Wort. Er sah sich freundlich, aber seltsam unbeteiligt in der Wohnung um. In seiner angespannten Bewegungslosigkeit wirkte der Mann wie eine Katze auf der Lauer. Jeder weiß, dass der Augenblick, in dem sich die in der gebückten Starre gesammelte Kraft plötzlich entlädt, unmittelbar bevorsteht, aber wenn es dann geschieht, erschrickt man doch. Und als der Mann mich plötzlich mit einer scharfen Drehung seines linken Auges, das sich unabhängig vom anderen zu bewegen schien, ansah, überlief mich ein Schauer des Entsetzens.

„Herr Ultor, können Sie sich vorstellen, warum ich hier bin?" Die hochgezogenen Mundwinkel deuteten ein Lächeln an, doch die Augen blickten kühl und ernst.

„Ähm, ich weiß es nicht", stotterte ich, fing mich dann aber und sagte: „Aber Sie werden es mir sicher gleich sagen."

„Ich möchte Ihnen helfen, Herr Ultor."

„Womit, wenn ich fragen darf?" Der Mann irritierte mich, sein Verhalten war merkwürdig.

„Natürlich dürfen Sie fragen, Herr Ultor, wir sind ja bei Ihnen zu Hause. Aber der Grund meines Besuches sind nicht Ihre Fragen an mich, sondern meine Fragen an Sie. Es geht um ganz belanglose Dinge, wie mir scheint."

„Ja?"

„Es ist Ihnen doch sicher nicht entgangen, dass sich der Entführer des Mannes, der Ihre Tochter getötet haben soll, in Polizeigewahrsam befindet?"

„Wirklich?", tat ich überrascht, „dann bin ich ja froh, dass ihr die Kerle gefasst habt. Dann wird es sicher nicht mehr lange dauern, bis Ihr diesen Schw..., also den Mörder, wieder schnappt und hinter Gitter bringt."

„Sicher wird der Täter noch eine ganze Weile hinter Gittern verbringen. Aber so weit sind wir noch nicht, wie Sie richtig sagen. – Woher wissen Sie eigentlich, dass es drei Entführer waren?"

„Habe ich drei gesagt? Dann muss das in der Zeitung gestanden haben. Ich kann nicht wissen, wie viele es waren.

„Na, das können Sie doch." Der Kommissar verstummte und starrte mich mit diesem unbeschreiblich schrägen Blick an, der mir die Kehle zuschnürte. Ich griff mir an den Hals. Als ich meine Hand zurückzog, klebte Blut an meinen Fingern, ich hatte mich gekratzt.

„Gehen Sie erst ins Bad, Herr Ultor, und machen Sie sich frisch, es ist furchtbar warm hier."

Es war überhaupt nicht warm. Ich wusste es, der Kommissar wusste es. Ich schaute in den Badezimmerspiegel. Ich sah die blanke Angst. Was hatte der Mann vor? Warum spielte er mit mir? Ich konnte mir keinen Reim darauf machen. Es war unmöglich, dass er mich ... oder vielleicht hatte ich doch etwas Entscheidendes übersehen?

„Ich habe keinen Zweifel, dass dies eine sehr traurige Zeit für Sie ist", begann er wieder, „aber machen Sie sich keine Sorgen, wir werden die Schuldigen fassen. Der erste redet schon, und ich kann Ihnen versichern, dass er einiges weiß. Er wird uns auf die Spur der anderen bringen. Einer der drei ist der Rädelsführer, da sind wir uns sicher. Der Drahtzieher sozusagen. Das hat uns dieser schräge Vogel schon gezwitschert. Ich weiß nicht, ob Sie das interessiert, aber ich habe gute Laune, es war nicht schwer, ihn einzufangen. Wollen Sie wissen, wie? Ich sag's Ihnen: Er hat den Wandersmann gegeben, zu Fuß in die Schweiz, oder besser gesagt, zu Wasser, weil es angeblich keine Grenzkontrollen mehr gibt. Da ist uns ein wahres Genie ins Netz gegangen, ein echter Aristoteles, sage ich. Keine

Kontrollen, dass ich nicht lache, nach so einer Entführung?! Ein solches Ereignis in Grenznähe, mehrere Fluchtfahrzeuge, nur zwei ernsthaft in Frage kommende Fluchtwege, und der Mann steigt mit Rucksack und Reisetasche in einen Kahn und rudert über den Rhein, aber da nehmen ihn die Schweizer Kollegen schon in Empfang. Ein Ehepaar, durch Radio und Presse gut informiert und zum Glück nicht auf den Kopf gefallen, hat sich von der Merkwürdigkeit des Vorgangs überzeugt und genau das Richtige getan. Wäre er nur ein paar hundert Meter flussabwärts gefahren, man hätte den Mann für einen echten Ausflügler halten können! Aber nein, er zog es vor, bei Nacht und Nebel zu handeln, wie ein richtiger Verbrecher eben; nun, es geschah nicht bei Nacht, sondern im Nebel des frühen Morgens, aber dennoch höchst verdächtig. Ich sage Ihnen, Herr Ultor, solche Fehler machen sie alle! Wir haben eine Aufklärungsquote von fast hundert Prozent, wissen Sie das? Wir kriegen sie alle, und die meisten eher früher als später."

Der Kommissar zog die Mundwinkel hoch, ließ sie gleich wieder sinken und blickte gedankenverloren in den Raum, als wäre ich gar nicht anwesend.

Während der langen Rede hatte sich meine Aufmerksamkeit auf einen einzigen Satz konzentriert: „Einer der drei ist der Rädelsführer". Wenn der Kommissar das glaubte, war es gut. Die Polizei würde noch lange nach drei Personen suchen, die sie für die Entführer hielt – aber plötzlich schoss mir ein anderer Gedanke durch den Kopf: Warum sollte der Kleine seine Kollegen der Rädelsführerschaft bezichtigen, wenn er doch genau wusste, dass es einen unbekannten Vierten gab, der die Entführung bis ins kleinste Detail geplant und alle nötigen Mittel dafür bereitgestellt hatte?

Mir wurde kalt. Ich fror. Mein Herz hämmerte bis in die Ohren, Schweißperlen glänzten auf meinem Nacken.

Der Kommissar hatte gelogen. Es war eine wohldurchdachte Lüge, als Nebensächlichkeit vorgetragen. Eine Falle. Wahrscheinlich wusste er längst, dass die Entführung von keinem der Flüchtigen in Auftrag gegeben worden war. Der Mann prüfte mich. Er beobachtete sein Opfer ruhig, mit gespielter Langeweile; wieder lag die Katze auf der Lauer, wartete auf eine verräterische Bewegung der Beute.

Was nun passieren würde, würde der Kommissar mit dem Reaktionsmuster eines Unbeteiligten vergleichen, der mit der Sache wirklich nichts zu tun hatte. Er konnte es, er hatte Erfahrung. Und wehe dem, der aus dem Rahmen des Erwartbaren fiel!

„Herr Kommissar, bitte verstehen Sie, dass ich müde bin. Ich habe viel durchgemacht. Ich kann nur hoffen, dass Sie den Mörder meiner Tochter bald fassen und seiner gerechten Strafe zuführen. Bitte, mehr habe ich nicht zu sagen. Stellen Sie Ihre Fragen, dann darf ich Sie höflich bitten zu gehen."

„Verzeihen Sie meine Zudringlichkeit", erwiderte Malanin. „Sie haben völlig recht. Natürlich ... nur, verstehen Sie, Herr Ultor, die polizeiliche Ermittlungsarbeit bringt es notwendigerweise mit sich, dass alle verfügbaren Details gesichtet und ausgewertet werden. Mich würde interessieren, ob Sie irgendwann, vielleicht während des Prozesses, Gelegenheit hatten, sich ein persönliches Bild von dem mutmaßlichen Mörder Ihrer Tochter zu machen. Haben Sie den Mann gesehen? Und wenn ja, welchen Eindruck hat er auf Sie gemacht?"

„Ich bin ihm nie begegnet. Der Prozess fand unter Ausschluss der Öffentlichkeit statt. Aber das wissen Sie ja. Ich habe ihn auch sonst nie gesehen. Als Vater des ermordeten Kindes habe ich mich, wie Sie sicher verstehen können, für den Ausgang des Verfahrens interessiert und gelegentlich um aktuelle Informationen gebeten, und das war's dann auch. Irgendwann wurde mir auch das zu viel, und da habe ich aufgehört, Zeitung zu lesen und Radio zu hören. Ich will das nicht mehr, das ist mir zuwider. Man soll mich in Ruhe lassen mit meiner Trauer, mit meiner Verzweiflung, mit meiner Wut. Mehr kann ich nicht sagen."

Der Kommissar, der aufmerksam zugehört hatte, nickte stumm, bedankte sich höflich und ging zur Haustür. In seinen Augen lag noch immer eine merkwürdige Gleichgültigkeit, ein Blick, wie man ihn nur bei dummen oder sehr gerissenen Menschen findet.

KAPITEL 59

Ich brauchte einen guten halben Tag, um mich vom Besuch des Kommissars zu erholen. Am Abend machte ich mich auf den Weg ins Tessin. Es war fraglich, ob ich vor Mitternacht ankommen würde. Während der Fahrt spürte ich eine große Müdigkeit. Sie hatte sich wie ein bleierner Schatten über mich gelegt.

Wie sehr sehnte ich mich nach Schlaf, nach einem langen, erfrischenden, traumlosen Schlaf! Mein Bedürfnis nach Ruhe wurde immer größer, je mehr die Zeit drängte. Ich konnte nicht einschätzen, was der Kommissar wirklich wusste. Welche Vermutungen ergaben sich aus der unglücklichen Mischung von Tatsachen und meinem Verhalten? Immer wieder versuchte ich, die Szene zu rekapitulieren, mir jede Minute, jede Sekunde ins Gedächtnis zu rufen, zu analysieren, was wirklich geschehen war, was gesagt wurde und was nicht. Was hatte er gegen mich in der Hand?

Aber die Erschöpfung ließ keinen klaren Gedanken mehr zu. Als ich kurz vor Mitternacht endlich in unserer Berghütte ankam, war ich schon ganz verwirrt vor Müdigkeit und froh, es ohne Unfall geschafft zu haben.

Als erstes überprüfte ich den Zustand meines Gefangenen. Er atmete, zeigte aber keine sichtbare Reaktion auf mein Kommen. Das Tablett war auf den Boden gefallen, ein fürchterlicher Gestank von Exkrementen lag in der Luft.

Das ganze Haus bot einen Anblick, der mich mit Ekel und Abscheu erfüllte. An den Anblick des Teufels würde ich mich nie gewöhnen können.

KAPITEL 60

Gegen zehn Uhr morgens wachte ich auf. Ausgeruht vom langen Schlaf hatte ich das Gefühl, dass es ein guter Tag werden würde. Ich ging in die Küche, um mir Frühstück zu machen.

Durch die angelehnte Tür schaute ich ins Hinterzimmer. Der Mörder war wach, sah sich um und sagte nichts. Ich setzte mich an den Laptop und nahm ein paar Einstellungen vor. Es war an der Zeit, dass der Schlitten seine Praxistauglichkeit bewies. Das Wetter war schön, die Vögel sangen aus voller Kehle. Der Luftdruck lag bei 1022 Hektopascal über Null, angenehmes Wetter im Tessin. Der Schwellenwert von 1018 Hektopascal, den ich wegen der häufigen Hochdrucklagen in dieser Region bewusst etwas höher als den mittleren Luftdruck auf Meereshöhe (1013 Hektopascal) angesetzt hatte, war damit deutlich überschritten.

Als die Elektromotoren mit einem leichten Ruck und gleichmäßigem Surren ihre Arbeit aufnahmen, durchströmte mich eine Welle der Genugtuung. Fasziniert betrachtete ich mein Werk: den Schlitten, die pfeilgeraden Schienen und schließlich das gelbe Maßband, das seitlich an der Schiene klebte. Noch zwei Meter sechzig bis zur Nagelwand. Noch zwei Meter sechzig bis zum qualvollen Ende dieser Bestie.

Noch einmal ging ich meine Berechnungen durch. In zwanzig Minuten hatte der Schlitten etwa drei Zentimeter zurückgelegt. Bei gleichbleibendem Luftdruck ergäbe sich eine Strecke von neun Zentimetern pro Stunde. Nach dreißig Stunden wäre der Spuk vorbei und der Braten am Spieß. Der

Richtwert von dreißig Stunden unter maximalen Luftdruckbedingungen gefiel mir, ich war zufrieden, auch wenn die tatsächliche Betriebszeit der Anlage länger zu veranschlagen war: Der Luftdruck würde schwanken und damit auch die Laufgeschwindigkeit des Schlittens. Aber auch das war gut so, denn es würde dem Mörder genügend Gelegenheit zur stillen Besinnung geben und mir ein angemessenes Maß an Vorfreude auf das Ende seiner Reise.

Ich rechnete damit, dass der Schlitten innerhalb von vierundzwanzig Stunden mehrmals für einige Zeit stehen bleiben würde. Irgendwann musste ich schlafen, aber ich musste auch darauf achten, dass ich mich nicht im Schlaf der Teilhabe am Kreuzweg der Bestie beraubte. Eine Hinrichtung ohne Zeugen ist eine Hinrichtung ohne Sinn.

„Was ist das für ein Surren?", fragte der Mann plötzlich. So naheliegend die Frage war, so wenig hatte ich sie erwartet, und wie aus einem schönen Traum gerissen, zuckte ich zusammen.

„Welches Surren, ach ja, das. Das ist die Musik, die das Ende deines elenden Daseins ankündigt. Das sind die letzten Töne, die du in diesem Leben hören wirst, abgesehen von deiner eigenen Stimme, die um Gnade wimmert."

Erstaunt und interessiert blickte der Gefangene zuerst auf das Barometer an der Wand, dann auf den Computer, die

Schienen, die Nagelplatte und schließlich auf das Loch unter seinem Gesäß.

Er schien nicht zu verstehen, schien sich der Ausweglosigkeit seiner Lage nicht bewusst zu sein. Hatten die Tage der Gefangenschaft in diesem Raum ausgereicht, um diese widerwärtige Kreatur um den Verstand zu bringen?

„Was schaust du so blöd?", schimpfte ich, zunehmend verärgert über die Teilnahmslosigkeit des Mannes. „Verstehst du denn nicht, was hier vor sich geht?"

„Bitte schreien Sie nicht so, Herr ..., darf ich Sie noch einmal nach Ihrem Namen fragen? Aber nein", unterbrach er sich selbst, „lassen Sie mich die Frage selbst beantworten, indem ich mich auf das beziehe, was ich neulich gesagt habe. Ich weiß schon, wer Sie sind, und ich ahne auch, was Sie vorhaben. Welch ein Ambiente, welch ein wunderbarer Raum – gedämpftes Licht und ein exquisites Interieur! Es gehört nicht viel Phantasie dazu, sich vorzustellen, wozu diese beeindruckende Szenerie geschaffen wurde – ich nehme an, sie ist Ihre eigene Erfindung? Jedenfalls ist es das Produkt eines komplexen Geistes, der sich mittels einer höchst lebendigen Phantasie weit über die Verstandesgrenzen der namenlosen Masse erhebt, eines Geistes, der sich schon zu Lebzeiten im himmlischen Chor der wahrhaft großen Menschen wähnt. Aber was haben Sie denn, Sie sehen mich so seltsam an, ich kenne Sie doch gar nicht so ... so ruhig und geradezu besonnen?"

Für einen Moment hielt ich den Atem an. Wie war es möglich, dass dieser Bastard mir gegenüber, seinem Herrn über Leben und Tod, einen derart unverschämten Ton anschlug? Und zu allem Überfluss auch noch über eine geschliffene Sprache und eine fein modulierte Stimme verfügte?

Von plötzlicher Wut fast um den Verstand gebracht, schlug ich dem Mann die Faust mitten ins Gesicht. Das Nasenbein knackte, Blut rann aus einem Nasenloch. Ich rannte in die Küche, holte ein Handtuch und hielt es dem Gefangenen unter die Nase. Der Mann tupfte die Wunde ab und sah mich mit wässrigen, aber milden, fast mitleidigen Augen an.

Wieder spürte ich unbändige Wut in einer mächtigen Welle auf mich zurollen, aber diesmal hielt ich mich zurück. Ich sah auf das Maßband. Der Schlitten war um weitere zwei Zentimeter vorgerückt.

„Du wirst dich bald besinnen", dachte ich, „mal sehen, ob dir mit dem Tod vor Augen der Sinn nach hochtrabenden Reden steht. Mal sehen!"

„Dieser Schlitten reagiert auf den Luftdruck, nicht wahr?"

„So ist es", sagte ich.

„Aber man kann nicht im Voraus wissen, wie hoch der Luftdruck sein wird. Das heißt, man kann den Zeitpunkt des Endes nicht bestimmen."

„Richtig. Wann du sterben wirst, steht in den Sternen. Nur das Ausmaß der Qualen, die du erleiden wirst, ist bekannt."

„Aber warum zum Teufel bringen Sie mich nicht jetzt gleich um? Hier bin ich, ich laufe nicht weg, rammen Sie mir ein Messer in den Hals, schießen Sie mir eine Kugel ins Gesicht. Sie wollen Rache, Sühne für den Tod von Carolina, bringen Sie es hinter sich. Quid pro quo."

In einer wunderbaren Balance aus Erhabenheit und Stolz spürte ich meine Macht und genoss das berauschende Gefühl des Sieges.

„Das muss ein Triumph für Sie sein!" Indem er meine Gefühle las und mich durchschaute, beraubte mich der Mörder der Genugtuung.

„Das Urteil im Namen des Volkes gilt hier nicht mehr, Sie haben sich selbst zum Richter erhoben."

Geifer schoss mir aus dem Mund. „Wer zum Teufel bist du? Was bist du? Du bist der letzte Dreck, ein gottverdammter Kinderficker, du miese Ratte! Und du wagst es, Reden zu schwingen wie ein Philosoph, du mieses Stück Sch..."

„Scheiße", unterbrach er mich ruhig und fuhr mit fester Stimme fort, „kein Philosoph, sondern ein Mensch, der sich mit Geschichte, Religion, Philosophie, Mathematik und den schönen Künsten beschäftigt hat. Ich habe Theologie studiert."

„Ein Pfarrer!", lachte ich wie verrückt, „das ist doch grotesk, da ist mir ein Pfaff ins Netz gegangen, ein schwuler Kinderficker im Talar. Na, da werd ich dir mal was beibringen."

„Ich bin kein Pfaff und schwul bin ich auch nicht."

„Nein, schwul bist du nicht, aber hetero bist du auch nicht, du ..." Während ich nach Worten rang, sah er mich wieder so seltsam milde an.

„Du bist ein perverses Schwein, das bist du."

„Schweine grunzen, aber ich rede klar und deutlich. Ein Widerspruch, nicht wahr?"

In meinen Ohren dröhnte ein Flugzeuggeschwader im Tiefflug. Ich griff nach dem nächstbesten Gegenstand in Reichweite, es war der Laptop, setzte zum Wurf an, begriff aber gerade noch rechtzeitig. Nichts war kaputt, die Anlage funktionierte einwandfrei, der Schlitten war seinem Ziel zwei Zentimeter näher gekommen. Ich ging ins Wohnzimmer und ließ mich in den Sessel fallen.

Ich musste nachdenken. Etwas passierte und ich verstand nicht, was es war. Aber ich musste die Zügel in der Hand behalten. Der Gedanke ist die Wurzel der Tat! Die Bestie hatte verstanden, wo ich sie haben wollte und wie ich sie dort haben wollte. Er wollte mir die Suppe versalzen. Immer wieder provozierte er mich. Er wollte mich unvorsichtig machen. Er wusste, dass ich ihn töten würde, aber er wollte mir die Zügel aus der Hand nehmen, er wollte sich zum Regisseur seiner eigenen Tragödie machen, zum Märtyrer, der am Ende als Held dasteht.

Zufrieden wie jeder, der eine neue Erkenntnis genießt, erkannte ich: Er hofft, der Angst vor dem Tod zu entkommen und sich die Qualen der Reue zu ersparen, indem er das Eingeständnis seines kläglichen Scheiterns in einen grandiosen Triumph verwandelt. Die Frage war nur, ob er sich dessen bewusst war? Wenn nicht, würde ich ihn wie einen Wurm zertreten. Wenn er es aber mit Bedacht tat, zeugte das von Intelligenz und Charakter. Das würde die Sache schwieriger, aber auch reizvoller machen.

KAPITEL 61

Zwei Stunden später war der Oberkörper des Mörders eingesunken, als fehle ihm das knöcherne Rückgrat. Tiefe Furchen entstellten sein Gesicht, die Haut war rau wie Schmirgelpapier. Ich nahm dies als Indiz für die Wirksamkeit meiner Hinrichtungsstrategie. Die Angst lastet schwer auf dem Rücken des Schuldigen. Das Maßband zeigte zwei Meter sechsunddreißig.

„Du hast meiner Tochter das Leben genommen, du hast sie getötet. Dafür wirst du mit deinem Leben bezahlen. Das ist die einzig mögliche Vergeltung. Im Namen meiner Tochter nehme ich dir das Leben, Auge um Auge, Zahn um Zahn." Ich hielt kurz inne und erklärte dann: „Gebildetem Abschaum wie dir ist sicher nicht fremd, was die Gelehrten der Aufklärung über die Todesstrafe zu sagen hatten. ‚Hat er aber gemordet', sagte der große Immanuel Kant, ‚so soll er sterben'. Es gibt keinen Ersatz für die Befriedigung der Gerechtigkeit.

Meine Worte klangen voll und schön. Zufrieden fuhr ich fort: „Für dich perversen Kirchenführer können wir unseren

Geschichtsunterricht gerne noch früher beginnen. Man mag es nicht glauben, aber die Todesstrafe lässt sich bis in vorstaatliche Strukturen zurückverfolgen. Sie entsprang dem Gedanken der Blutrache, dem ungeschriebenen Recht der im Einklang mit der Natur lebenden Stammesverbände und Sippen. Ein Angehöriger des Ermordeten, in der Regel der älteste Sohn, musste den Täter oder einen seiner Angehörigen töten. Aus diesem Prinzip entwickelte sich im Zuge der aufkommenden Fehden freilich bald ein circulus vitiosus, der oft erst mit der Ausrottung ganzer Familien endete. Da man diese Entwicklung bald nicht mehr hinnehmen wollte, übertrug man die Tötung von Mördern – und perversen Kinderschändern – einer Zentralgewalt. Hast du das gewusst? Und hast du, du elender Klugscheißer, auch gewusst, dass die Todesstrafe bereits in der ältesten bekannten Rechtssammlung, dem Codex Ur-Nammu, gut 2000 v. Chr., kodifiziert wurde? Dass diese Strafe ein paar hundert Jahre später im Codex Hammurapi, 1700 v. Chr., auf Delikte jenseits von Mord und Ehebruch ausgedehnt wurde?"

„Ja, das Talionsprinzip ist alt", sagte der Gefangene, „aber ist es deshalb richtig? Es funktioniert doch gar nicht. In modernen Rechtsstaaten wird es zu Recht nicht mehr verfolgt."

„Halt die Klappe! Du redest, wenn ich fertig bin, aber ich bin noch lange nicht fertig. Was Recht und Unrecht ist, das haben die guten, fleißigen und ehrlichen Menschen schon immer gewusst. Nur den Tieren fehlt der Sinn für Gut und Böse, der Sinn für Recht und Unrecht. Der Sündenfall reicht zurück bis zu jenem Tag, an dem die Machthaber und Nutznießer der modernen Gesellschaften aus Furcht, ihre Privilegien zu verlieren, sich bewusst von ihrem natürlichen Rechtsempfinden lossagten und die Definition von Recht und Unrecht einer abstrakten Staatsgewalt übertrugen, der der natürliche Zusammenhang von Schwere der Tat und Strafe, von persönlichem Verlust und tragischem Leid der Angehörigen bereits abhanden gekommen war. Sie versündigten sich an sich selbst und, was noch schwerer wiegt, an den bedauernswerten Opfern derer, die durch ihre Taten aus der Gemeinschaft der Menschen ausgeschieden sind.

„Das ist eine interessante Theorie, die Sie da vertreten", sagte der Gefangene ruhig. Offenbar wollte er mich wieder aus der Reserve locken.

„Tatsache ist, dass die großen Aufklärer alle Verfechter der Todesstrafe waren. Kant, Locke, Montesquieu, Voltaire, Rousseau, sie alle trugen den natürlichen und gesunden Gedanken der Vergeltung in ihren Herzen, ganz zu schweigen von den Bräuchen der Antike und des Mittelalters. Im Laufe der Jahrtausende haben die Menschen dem metaphysischen Prinzip der Gerechtigkeit zu seinem natürlichen Recht verholfen, das besagt, dass die Schwere der Strafe sich nach der Schwere der Tat richten muss. An diesem Grundsatz werde ich als Vater des von dir grausam ermordeten Kindes festhalten, und ich nehme mit Stolz und Genugtuung zur Kenntnis, dass dir die Tür zu einem hübsch möblierten Gefängniszimmerchen mit schöner Aussicht, die du schon offen glaubtest, für immer verschlossen bleiben wird. Es wird keine sinnlosen Gespräche mit wohlmeinenden Psychotherapeuten geben, die du mit gespielter Verrücktheit zum Narren halten kannst, und schon gar nicht wirst du in den Genuss einer fein bestellten Gefängnisküche kommen, die wir, die Gesellschaft der Gerechten, Tieren wie dir zu allem Überfluss auch noch finanzieren müssen. Du wirst für deine Tat geradestehen, und ich werde mich an deinem Leid ergötzen!"

„Sie haben in Ihrer Aufzählung vorhin die Herren Hegel und Schopenhauer vergessen. Zwei weitere große Namen, die die Lust am Töten gefördert haben", sagte der Gefangene und fügte nach kurzem Zögern hinzu: „Es ist nie recht, Menschen zu töten, wissen Sie? Es war nicht richtig, dass ich Ihr Mädchen ..." Plötzlich stockten seine Worte, sein Kehlkopf zitterte. „Es ist passiert, ich wollte nicht ..." Wieder stockte er. Dann das: „Sie haben von den zahllosen Befürwortern der Todesstrafe gesprochen und in Ihrer Interpretation des Naturrechts eine Begründung gefunden, die freilich falsch ist, weil sie das Natürliche mit dem Guten gleichsetzt; eine unlautere Gleichsetzung, der naturalistische Fehlschluss, wie man seit George Edward Moore auch sagt. Aber wie dem auch sei. Immerhin gab es in der von Ihnen beschriebenen Epoche Menschen – vernünftige Menschen, wie ich meine –, die die Todesstrafe keineswegs nur aus humanitären oder ethischen, also präskriptiven Gründen ablehnten, sondern aus streng logischen. Lessing in Deutschland, Johnson und Romilly in England, vor allem aber Cesare Beccaria, der um die Mitte des 18. Jahrhunderts ein Buch über Verbrechen und Strafe veröffentlichte, das bis heute wegweisend für die rationale Kritik des Sühnestrafrechts ist. Und es gab auch andere kluge Köpfe im achtzehnten Jahrhundert, die die Rache als Endzweck des Sühnestrafrechts kritisierten, darunter Joseph von Sonn..."

„Halt endlich die Klappe! Das kann doch nicht sein, ich ..."

Das konnte doch nicht wahr sein! In meiner Aufregung rannte ich aus der Tür und in den Wald. Einem Mörder zu begegnen, der sich so absurd verhielt, der all diese Dinge ad hoc wusste, war so unwahrscheinlich wie ein schwarzer Schwan. Aber der Schwan existierte, und das irritierte mich auf eine Weise, die ich nicht einzuordnen wusste. Die Provokation hatte eine starke Wirkung, aber es war falsch, mich ihr hinzugeben, mich zu einem intellektuellen Wettstreit hinreißen zu lassen; denn die Hinrichtung des Mörders meiner Tochter hatte einen höheren Sinn, der nicht durch Sentimentalitäten torpediert werden durfte. Ich tat es nicht um meiner selbst willen, ich tat es, um seine Schuld an Carolina zu sühnen. Es war mir egal, warum er es getan hatte. Er musste sterben, das war alles.

Und doch geschah hier, inmitten des jahrhundertealten Kastanienwaldes vor meinem Haus in den Tessiner Bergen, etwas ganz Merkwürdiges. Etwas ganz und gar Fremdes, eine dünne, verschwommene, nur halb bewusste Ahnung, die sich wie ein schmales Band, hauchzart und federleicht, wie ein Spinnenfaden, über den Abgrund zwischen unseren Seelen zu spannen schien. Ich verstand nicht, was das zu bedeuten hatte, zu fremd, zu unheimlich war die Empfindung, zu sehr verwirrte sie mich.

KAPITEL 62

Ich fuhr ins Dorf, um Wasser und Lebensmittel zu kaufen. Auf der kurvenreichen Fahrt ins Tal kam mir der Gedanke, Natalie in die Sache einzuweihen, aus der Feindin eine Verbündete zu machen. Der Hass auf den Mörder unserer Tochter brannte in ihrem Herzen genauso heiß wie in meinem. Gemeinsam könnten wir ihn zur Strecke bringen, und wir könnten es tun, ohne Schaden zu nehmen.

Aber bald verwarf ich diesen Gedanken. Natalie war eine angepasste, gesetzestreue Person. Wenn sie von meinen Plänen wüsste, würde ein Sturm der Skrupel über sie hereinbrechen. Natalies Angst vor Strafverfolgung, mehr noch, ihr Schuldgefühl vor Gott würde viel stärker sein als ihr Wunsch nach Vergeltung. Ihre Schwäche würde der Gerechtigkeit den ihr gebührenden Platz verweigern. Das war bitter. Das konnte ich nicht zulassen.

Ich kontaktierte drei psychosomatische Kliniken. Keine

sicherte mir eine sofortige Aufnahme zu, was zu erwarten war, zumal es keinerlei Vorgespräche gegeben hatte, weder mit Vertretern der Kliniken noch mit einem niedergelassenen Psychiater. Ich stellte mich dumm und bat um Vorstellungstermine in drei Wochen. Dann rief ich Natalie an, die gegen elf Uhr vormittags in psychotherapeutischer Behandlung sein musste und deshalb höchstwahrscheinlich nicht rangehen würde. Ich hinterließ eine Nachricht auf dem Anrufbeantworter und teilte ihr mit, dass ich Termine für Vorstellungsgespräche bekommen hätte, aber nicht, wie weit das in der Zukunft liegen würde. Dann ging ich einkaufen und kehrte gegen zwei Uhr nachmittags ins Ferienhaus zurück.

Als ich das Hinterzimmer betrat, starrte der Gefangene direkt auf den Laptop. Während meiner Abwesenheit schien er sich kaum bewegt zu haben, er hatte weder gegessen noch getrunken. Als ich in sein Blickfeld trat, reagierte er immer noch nicht, sondern starrte mit unverminderter Intensität auf ein Ziel, das nur er kannte.

Innerlich jubelte ich. Orientierungslosigkeit war die erste Stufe jenes Prozesses, der einsetzt, wenn das Unvermeidliche unerträgliche Züge annimmt: die Spaltung von Verstand und Gefühl. Damit war ein Teilziel meiner Intervention erreicht. Der Gedanke, dass der emotionale Schutzwall des Mörders im Laufe der nächsten Stunden bröckeln und schließlich ganz zusammenbrechen würde, erfüllte mich mit Freude. Wie die ersten Herbstwinde am Ende eines langen Sommers würde die Todesangst über diesen kranken Geist hereinbrechen. Mit jedem zurückgelegten Zentimeter würde die Angst stärker werden und sich schließlich, nach zwei qualvollen Metern, zu einem wilden Sturm erheben. So dachte ich und fühlte, wie die bevorstehende Vergeltung den Schmerz in meiner Seele linderte. Ich beschloss, mich bis auf weiteres nicht mehr um den Gefangenen zu kümmern. Der Luftdruck war das eigentliche Regulativ, er würde das Seine tun, und es war an der Zeit, den Teufel der Willkür der Natur zu überlassen. Der Schlitten war zu meinem Götzen geworden.

KAPITEL 63

Es war später Nachmittag. Als ich aus der Küche kam, saß der Mörder immer noch regungslos im Schlitten. Ich stellte das Tablett in seine Reichweite und öffnete die Tür zum Wohn- und Esszimmer, denn draußen war es warm geworden und drinnen war die Luft verbraucht. Der Gefangene blieb stumm. Aus der Ferne das unschuldige Zwitschern der Vögel, mehr nicht.

Endlich dämmerte es, und es wurde kühler. Ein weißer Schleier hatte sich über den Himmel gelegt. Zwei Stunden später begann es leicht zu regnen. Es war mitten in der Nacht, aber ich machte kein Auge zu. Dann hörte ich ein Rascheln, und ein leises Stöhnen. Ich ging ins Hinterzimmer. Der Mörder blickte mich mit frechen Augen an. „Bitte nehmen Sie den Eimer ab", sagte er schließlich. Ich nahm den Eimer ab und wusch ihn aus. Als ich ihn wieder hinstellte, bemerkte ich einen großen Fleck unter dem Schlitten. Die Pfütze roch nach Ammoniak und war vorher nicht da gewesen.

Ich fühlte kalte Wut. Ich holte einen großen Lappen aus dem Besenschrank, wischte den Urin auf, spuckte in das stinkende Stück Stoff und rieb es dem Mörder ins Gesicht.

Unter dem Druck meiner Hand zappelte er wie ein Insekt, stöhnte und spuckte den Urin, der ihm in den Mund gelaufen war, auf den Boden.

„Spiel keine Spielchen mit mir, das soll dir eine Lehre sein!"

Mit einem prüfenden Blick auf das Maßband ging ich hinaus, wusch mir die Hände und legte mich ins Bett. Inzwischen war der Luftdruck unter den Schwellenwert gefallen und der Motor hatte ausgesetzt. Der Schlitten war bei einem Meter sechzig stehen geblieben.

KAPITEL 64

Am Morgen verzogen sich die Wolken und der Tag begann heiter und mild. Mit Brot und Wasser ging ich ins Hinterzimmer. Der Eimer war leer, noch ein Meter dreißig bis zur Nagelplatte. Meine Augen suchten die des anderen, aber der starrte nur stumpf ins Leere. Triumphierend ging ich ins Wohnzimmer. Vorbei das freche Grinsen, vorbei der höhnische Spott, jetzt war ihm anders zumute!

Da hörte ich ein Summen, erst leise und unregelmäßig, dann kontinuierlich – ein Summen, das nicht von den Elektromotoren stammte. Es nahm Takt und Rhythmus an, offenbar stimmte der Mann eine Melodie an. Er wiederholte sie zweimal, fünfmal, zehnmal, wippte mit dem Kopf im Takt.

Ich verstand. Es war die Zeit der Selbstberuhigung. Die Kraft der Wiederholung einfacher Melodien ist erstaunlich. Wenn der Rhythmus stimmt, hebt er den Geist in höhere Sphären. Naturvölker, die mit ihren Ahnen, den Kräften der Natur oder den Göttern in Kontakt treten wollen, machen sich dieses Prinzip regelmäßig zunutze; monotones Trommeln, Singen im Chor der alten Frauen, und schon geht der Geist auf Reisen, in eine andere Welt, die weder Angst noch Schmerz kennt. Es war offensichtlich, dass der Mörder in diese Parallelwelt gelangen wollte, und die Selbsthypnose war sein Vehikel.

Ich ließ ihn gewähren. Soll er Faxen machen. Noch war Zeit. Die Selbstheilungskräfte seiner schwarzen Seele würden bald versiegen. Der Mann war ein Kartenhaus im Wind.

Bis zum nächsten Nachmittag ging der Motor noch zweimal aus. Um sieben Uhr abends sprang er wieder an. Noch fünfundneunzig Zentimeter.

KAPITEL 65

Ein lauter Knall riss mich aus dem Schlaf. Ich stürzte die Treppe hinunter und stieß gegen die Rückenlehne des Schlittens. Der Schlitten war gegen die Tür gekippt und hatte sie blockiert. Der Mörder lag seitlich auf dem Bretterboden, fest in seinen Sitz gepresst, und grinste höhnisch.

Es folgte ein kurzer, harter Tritt gegen die Schulter und ein ebenso kurzes, gepresstes Stöhnen. Ich überprüfte, ob das System beschädigt war. Zum Glück nicht. Die Motoren liefen, die Räder hatten standgehalten, auch die Schienen waren intakt, nichts war zu Bruch gegangen. Erleichtert verließ ich den Raum und ließ den Mann bis zum nächsten Morgen dort.

Gegen sechs Uhr morgens kam ich mit zwei schweren Eisenstangen und einigen Holzscheiten aus dem Material-schuppen zurück. Ich schob die Stangen unter die Armlehnen des umgekippten Stuhls und legte zwei Holzscheite unter das verkeilte Ende. Dann drückte ich die offenen Enden mit aller Kraft nach unten und sah, wie sich der Schlitten langsam hob. Mit dem Fuß schob ich ein drittes Holz unter den sich öffnenden Spalt. Bald war der Schlitten so weit angehoben, dass ich mit den Händen darunter greifen konnte. Mit großer Kraftan-strengung brachte ich den Gefesselten in die Senkrechte. Jetzt stand der Schlitten aufrecht, aber die Räder waren außerhalb der Schienen.

„Verdammt", murmelte ich unhörbar für den Gefangenen. Mir blieb nichts anderes übrig, als ihn aus dem Stuhl zu ziehen, den Schlitten auf die Schienen zu heben und den Mörder wieder hineinzusetzen. Ohne Betäubung war das nicht möglich, zu groß war die Gefahr, dass er sich, von den Fesseln befreit, wehren würde. Ich brauchte die K.-o.-Tropfen.

Der Gefangene hatte durch seine Sabotage wertvolle Zeit gewonnen. Von nun an würde ich besser aufpassen müssen.

KAPITEL 66

Die Wirkung der Tropfen ließ auf sich warten. Nach einer halben Stunde war der Mann immer noch wach. Er bekam eine weitere Dosis. Fünfzehn Minuten später war die gewünschte Wirkung endlich eingetreten. Der Gefangene schlief und ich konnte ihn aus dem Stuhl heben. Aber ich hatte ein schlechtes Gefühl. War das schon die Folge einer Gewöhnung? So schnell? Aus Mangel an Antworten stellte ich die Frage zurück. Ich hätte sowieso nichts machen können. Wichtig war nur, die Dosis im Rahmen zu halten. Der Gefangene sollte nicht vergiftet werden.

Schließlich gelang es mir, den Stuhl auf die Schienen zu stellen. Die Räder bewegten sich und die Wasserwaage zeigte keine Abweichung an.

Ich betrachtete den Mann genauer. Alle Menschen sind gleich, wenn sie schlafen. Nichts deutete darauf hin, dass der Leibhaftige zu meinen Füßen lag.

Nur das Aussehen des Teufels hatte sichtlich gelitten. Seine

Glieder waren dünn geworden, das silberne Haar klebte in Strähnen an seinem zerfurchten Gesicht, die Haut war gelb und faltig, er roch nach Schweiß und Exkrementen. Um den After hatte sich ein dicker brauner Ring gebildet. Es war ekelhaft.

Mit Ekel und Verachtung wuchtete ich den Körper auf den Schlitten. Noch einmal überprüfte ich die Funktion der Geräte, alles war in Ordnung. Mit einem Ruck setzte sich der Schlitten in Bewegung. Noch fünfundachtzig Zentimeter.

Ein unbestimmtes Bedürfnis trieb mich aus dem Haus. Dann merkte ich, dass meine Hände zitterten. Ich kam auf die Idee, die Welt auf einer Gefahrenskala zu ordnen, mit der ordnungsgemäßen Durchführung meines Plans als einzigem Maßstab. Eine Eins stand für relative Gefahrlosigkeit, eine Zehn für unausweichliches Scheitern. Hier draußen sah es nach einer Fünf aus. Schließlich waren da Natalie, Karl, Amelie, und dieser Kommissar. Der Gedanke an diese Leute erfüllte mich mit Sorge. Es gab keine Möglichkeit herauszufinden, was sie taten oder planten, zumindest nicht, ohne Verdacht zu erregen. Missmutig kehrte ich ins Haus zurück. Ich beschloss zu duschen. Ich war dreckig.

KAPITEL 67

Aber die Dusche half nicht. So wenig wie der Schmutz war auch die schlechte Laune verschwunden, mein Grundgefühl blieb mürrisch.

Dann ein leises Pfeifen im Haus, das mich aufhorchen ließ. Vorsichtig betrat ich das Hinterzimmer, aber der Mann im Schlitten schlief, ich hatte mich geirrt. Wachsamkeit und

Misstrauen sind zwei Seiten derselben Medaille. Und die Wachsamkeit übertreibt manchmal, meldet Ereignisse, die gar nicht stattgefunden haben. Beruhigt ging ich ins Wohnzimmer zurück und nahm ein Buch vom Kaminsims. Es war der Steppenwolf. Ich begann zu lesen, zwei Seiten, vielleicht drei. Ich blickte auf und konnte mich an nichts erinnern. Irritiert legte ich das Buch zurück.

Die Irritation dauerte Minuten, und sie machte mich noch ärgerlicher. Ich hatte mich gerade entschlossen, meine Fingerspitzen mit frischem Klebeband zu versehen, als ich ein neues Geräusch hörte. Es kam von draußen und wurde immer deutlicher, ein tiefes Brummen aus dem Tal.

Ich rannte vor die Tür und dorthin, wo ich den besten Blick auf die Straße hatte, die sich bergauf schlängelte. Ein dunkelblauer BMW näherte sich meinem Haus, kaum dreihundert Meter entfernt. Eine unkontrollierbare Erschütterung erfasste mich wie ein plötzlicher Regenschauer. Das war kein Tourist. Nicht schon wieder Natalie?

Ich rannte zum Holzschuppen hinter dem Haus, wo das Brennholz für den Winter lagerte, nahm die Axt und schlug damit auf einen Holzscheit ein. In diesem Moment fuhr der Wagen vor. Ich hörte, wie die Tür geöffnet wurde, holte noch einmal tief Luft und trat vor, die Axt mit dem geschlagenen Holz in der Hand.

Das Schicksal hält Prüfungen für uns bereit und treibt uns unweigerlich auf sie zu. Ich weiß bis heute nicht, ob dieses Ereignis durch mehr Sorgfalt, Selbstbeherrschung oder einen glücklichen Zufall hätte verhindert werden können.

Da war er wieder, mit seinem unergründlichen, schalkhaften Lächeln, das alles und nichts zugleich bedeutete.

„Guten Tag, Herr Ultor", rief Kommissar Malanin, „Sie haben es aber schön hier oben. Man könnte fast neidisch werden. Sehen Sie nur, wie schön es hier ist, dieser herrliche Wald und das liebliche Tal und ... Herr Ultor, wissen Sie eigentlich, was für eine grandiose Aussicht Sie haben?"

Das schiefe Auge verlieh dem Mann hier inmitten der Tessiner Bergwelt die Aura eines Trolls, was in krassem Widerspruch zu seinem gepflegten Outfit in Anzug, Krawatte und Weste stand.

„Guten Tag, Herr Kommissar", sagte ich mit brüchiger, fast erstickter Stimme.

Ich spürte ein Brennen auf der Stirn und stellte mir vor, wie das Kainsmal aus dem Inneren meines Schädels an die Oberfläche drängte und sich als untrügliches Zeichen der Schuld in meine Stirn brannte.

Der Kommissar trat einen Schritt auf mich zu. „Herr Ultor, es ist herrlich hier oben, verzeihen Sie die Wiederholung – wes das Herz voll ist, des geht der Mund über, heißt es doch bei Lukas, Kapitel 6, Vers 45, oder?"

Niemand wird ernsthaft eine Antwort auf eine so verdrehte Frage erwarten, dachte ich und schwieg.

„Ich würde das Gespräch ja gerne im Freien fortsetzen, unter dem stahlblauen Himmel hier oben", plauderte der Kommissar weiter, während er sich langsam um die eigene Achse drehte, „aber mir scheint, dass es hier draußen, wenn wir uns nicht mit einem Autositz begnügen wollen, an einer geeigneten Sitzgelegenheit fehlt, es sei denn, Sie hätten noch eine hinter dem Haus, an der Nordseite vielleicht, wo es Schatten gibt?"

„Ach ja, verzeihen Sie, Herr Kommissar, kommen Sie doch herein."

Der Satz kam mir erstaunlich flüssig über die Lippen, wenn man bedenkt, dass es genauso gut mein letzter in Freiheit hätte sein können. Ein Tier, von einem erbarmungslosen Jäger gejagt, verharrt vor dem Abgrund, der sich vor ihm auftut, dreht sich um und geht zum Angriff über. Aber dann kam mir ein anderer Gedanke. Oh Gott! Hatte ich wirklich die Tür zum hinteren Zimmer geschlossen, bevor ich aus dem Haus gegangen war? Ja, sicher hatte ich sie zugemacht, oder?

Ich ging an Malanin vorbei zur Haustür und öffnete sie einen Spalt weit, so weit, dass ich einen kurzen Blick hineinwerfen konnte. Es war ein entscheidender Blick, voller Angst und Hoffnung zugleich, ein Blick, der durch das Zimmer flog, schließlich an der tatsächlich verschlossenen Tür des Hinterzimmers ankam und mir das Leben zurückgab, das ich schon verloren glaubte.

Mit zitternder Stimme bat ich den Kommissar herein. Er kam mit dem schnellen, sicheren Schritt der Entschlossenen und trat ohne zu zögern ein.

„Ah, was für eine geschmackvolle Garderobe!"

Sein Blick zuckte in Sakkaden durch den Raum. In Sekundenschnelle hatte er das Vordergründige erfasst; mir blieb nur die Hoffnung, dass die Maskerade hielt, dass das Wesentliche verborgen blieb und dass das scharfsinnige Bohren dieser schrägen, aber scharfen Augen das Schloss zum Hinterzimmer nicht zum Bersten bringen würde. Ich wies dem Kommissar den Ledersessel am Kamin zu und setzte mich in den Zwillingssessel gegenüber.

„Darf ich auch Ihren Kollegen hereinbitten?" fragte ich in der naiven Hoffnung, durch die Anwesenheit des zweiten Polizisten, der am Steuer des Wagens saß, aber nicht ausgestiegen war, Kontrolle über die Entwicklung der Situation zu gewinnen.

„Aber nein", sagte der Kommissar, „wissen Sie, wir bleiben nicht lange, es ist nur ein Routinebesuch. Und diese herrliche Bergwelt, wenn ich's mir recht überlege ... Der Kollege Falk soll sich ruhig ein wenig daran erfreuen. Vielleicht entdeckt er sogar eine Wildkatze, die ... aber entschuldigen Sie, lieber Herr Ultor, ich schwatze schon wieder, das ist eine Unart von mir, hat mir übrigens schon ordentlich Ärger eingebracht, kein Scherz! Aber ich kann nicht ohne, ich wäre nur ein halber Mensch. Und die eine Hälfte ohne die andere ... das wird schwerlich gut gehen, nicht wahr?"

Eine rhetorische Frage. Der Ausdruck des Mannes war unerträglich. Ich sagte nichts.

„Oh nein, das würde mich schon interessieren, jetzt, wo ich so unhöflich mit der Tür ins Haus gefallen bin und mich dennoch Ihrer Gastfreundschaft versichern darf. Und im Übrigen verspreche ich, gleich zur Sache zu kommen, denn ich muss zugeben, dass dies nicht die eigentliche Frage war, die mich hierher geführt hat".

„Das nehme ich an", sagte ich angespannt. „Und ich kann Ihnen versichern, dass Sie mein Interesse geweckt haben."

„Was halten Sie von der Halbheit des modernen Menschen?", fragte der Kommissar nach einer kurzen Pause, die er sich, wie mir schien, genommen hatte, um die Bedeutung meines so unvermittelt zur Schau gestellten Selbstbewusstseins zu ergründen.

Ich nahm mir vor, ihn mit einer Plattitüde aus der Reserve zu locken. „Halb ist nicht ganz, und eine Schwalbe macht noch keinen Sommer. Habe ich damit Ihre Frage beantwortet?"

Der Kommissar lächelte mit der freudigen Erregung eines Spielers, der, gewohnt, mit Schwächeren Katz und Maus zu spielen, endlich einen ebenbürtigen Gegner vor sich zu haben glaubt.

„Wenn Sie damit andeuten wollen, dass Sie ein Anhänger des Descartes'schen Dualismus sind, den die Wittgenstein'sche Sprachverwirrung ebenso wenig überzeugen kann wie die materialistischen und funktionalistischen Ansätze der modernen Bewusstseinsphilosophie, dann haben Sie gut geantwortet."

„Ich erhebe keine philosophischen oder sonstigen hochgeistigen Ansprüche, Herr Kommissar, ich bin Biologe, und mein Verständnis von Mensch und Natur ist genuin naturwissenschaftlich, empirisch, positiv bis ins kleinste Detail. Und ... darf ich nun, mit Verlaub, erfahren, was mir die Ehre Ihres Besuches verschafft?"

„Sie haben recht, Herr Ultur, Verzeihung, Herr Ultor, Sie haben ja so recht. – Also, Ultor ... ein starker Name, übrigens, Glückwunsch! – Sie haben sicher gehört, dass wir noch einen Mann gefasst haben. Er ist uns ins Netz gegangen als ..., aber das ist ja für Sie, den nur an den Ergebnissen der Polizeiarbeit interessierten Vater, unwichtig. Es scheint jetzt so, äh, wir haben den Eindruck, dass wir, die wir den Rädelsführer der Entführung zunächst in der Dreiergruppe und später in der Person des Entführten selbst vermutet haben, auf dem Holzweg waren. Wir stehen wieder am Anfang unserer Ermittlungen".

Theatralisches Räuspern, dann weiter im gleichen Duktus: „Zweifellos gibt es eine uns noch unbekannte Person, die über ganz erstaunliche Kenntnisse der internen Vorgänge bei der Staatsanwaltschaft, der forensischen Psychiatrie und vielleicht auch bei der Polizei verfügt. Diese noch unbekannte Person ist der Schlüssel zur Aufklärung des Falles, und ich hoffe, dass Sie mir einige, wie man so schön sagt, sachdienliche Hinweise zur Ergreifung dieser Person oder zu ihrem Aufenthaltsort geben können, der wahrscheinlich mit dem des Mörders Ihrer Tochter identisch sein dürfte".

Hätte sich der Kommissar in der folgenden Pause eine Zigarre angezündet, wäre das nicht verwunderlich gewesen. Die Theatralik hatte etwas Erhabenes. Die Schlacht war eröffnet, der weiße Bauer stand im Feld, bereit für den Gegenzug des Schwarzen.

„Herr Kommissar, bei allem Respekt für Ihre Person, aber ich kann Ihnen nicht die Hinweise geben, die Sie von mir erwarten. Da ich davon ausgehe, dass Sie das längst wissen, möchte ich Sie bitten ... Ich brauche Ruhe, verstehen Sie, ich möchte Sie bitten, mir endlich den wahren Grund Ihres Kommens zu nennen. Vielleicht darf ich mich als pragmatisch veranlagter Mensch etwas deutlicher ausdrücken: Kommen Sie endlich zur Sache!"

„Nun, lieber Herr Ultor", entgegnete der Kommissar ruhig, „auf den Punkt sind wir schon längst gekommen. Erlauben Sie mir ein Gedankenexperiment. Ich liebe Gedankenexperimente, wissen Sie – aber, lieber Herr Ultor, ich habe Sie doch nicht verärgert?"

„Natürlich haben Sie mich nicht verärgert", antwortete ich sarkastisch.

Den Kommissar schien das nicht zu stören. „Versuchen Sie doch einmal, sich im Geiste eine Person vorzustellen, die die Entführung einer anderen, sehr gefährlichen und gut bewachten Person durchführt. Welche Qualitäten müsste diese Person haben, was für einen Charakter, welches Charisma?

Haben wir es hier mit einem Gewohnheitsverbrecher zu tun, mit einem rohen, brutalen, skrupellosen Menschen, der den Tod Unschuldiger in Kauf nimmt, um einen Kindermörder, einen Gesetzlosen also, zu befreien? Nun, Sie brauchen nichts zu sagen, Herr Ultor, Szenenwechsel."

Hier brach der Kommissar plötzlich in schallendes Gelächter aus. Es war ein schepperndes, schadenfrohes Lachen, wie das Gackern von Kindern in freudiger Erwartung eines frechen Streiches. Es war das Lachen von Max und Moritz, mit dem sie der Witwe Bolte die Hühner aus dem Ofen fischten.

„Also", fuhr er giftig fort, „der Mann, den wir suchen, verfügt offensichtlich über ein erhebliches Aggressionspotenzial. Er ist gewalttätig und skrupellos, davon können wir wohl ausgehen, nicht wahr?"

Das schiefe Auge funkelte, das andere fixierte mich wie ein

Schraubstock.

„Ja, so ist es wohl, diese Verbrecher sind alle vom gleichen Schlag!"

„Gut pariert, Herr Ultor, sehr schön. Er hat ein für alle Mal bewiesen, dass er gewalttätig und skrupellos sein kann, aber ich frage mich, ob es richtig ist, daraus einen Habitus abzuleiten. Einmal Verbrecher, immer Verbrecher?

„Wer einmal böse ist, bleibt es."

Der Kommissar zog die Augenbrauen hoch, pfiff durch die Zähne und wiederholte, die Silben endlos streckend: „Wer böse ist, der bleibt es auch. Hm, ist das so?"

„Ja, so ist es."

„Gut, dann schauen wir uns mal die andere Seite der Medaille an. Dieser gewalttätige, skrupellose, böse Mensch ... ich habe den Eindruck, die Liste der unvorteilhaften Attribute ließe sich endlos fortsetzen – brutal haben wir noch, und gewissenlos ist er auf jeden Fall, psychopathische Züge hat unser Kandidat sowieso ..."

„Ja, vielleicht. Worauf wollen Sie hinaus, Herr Kommissar?"

„Ich will damit sagen, dass der Gesuchte genau das nicht ist, dass sich die Kette der ungünstigen Eigenschaften nicht so einfach fortsetzen lässt. Daraus lässt sich kein Collier des Bösen schmieden! Im Gegenteil, dieser Mann – die Erfahrung gebietet es, in ihm ein männliches Wesen zu vermuten – muss ein feiner Geist sein. Ein Künstler vielleicht, ein Denker auf jeden Fall. Einer, der Mozart, Bach und Händel liebt, wie es nur wahre Liebhaber tun. Er genießt die Musik, er lässt sich von ihr verzaubern, er schlürft ihr göttliches Manna, er empfindet sie bis in den Schmerz hinein! Er ist ein Mann der Bücher, kultiviert, den höheren Genüssen zugetan", und mit einem appellativen Blick auf den Kaminsims fügte er hinzu: „so wie Sie es wohl auch sind, Herr Ultor".

Der Hieb traf mitten ins Kinn, aber der Angreifer zog sich

wieder in seine Ringecke zurück.

„Zweifellos schätzt er die den Dingen innewohnende Struktur, den Plan der Natur, sozusagen, der sich in Ideen manifestiert; er glaubt an die Monaden als lebendige Spiegel des Universums. Ebenso und ganz in diesem Sinne liebt er den Entwurf, die Möglichkeit, die in den Dingen verborgen liegt, bereit, sich zu einem größeren Ganzen zu entfalten, und erfüllt sie mit der kraftvollen Reinheit seiner Gedanken. Und er ist mutig, weil er in seinem Herzen die Macht des Zufalls erkannt hat, das elementare Risiko eines Kalküls mit vielen Unbekannten. Wenn das nicht an Arroganz grenzt! Und nun sagen Sie mir, Herr Ultor, wo gibt es einen solchen Menschen?

„Herr Kommissar, Sie strapazieren meine Geduld." Der Speichel klebte an meinem Gaumen, ich fürchtete, ohnmächtig zu werden. „Ich habe Ihnen doch schon gesagt, dass meine Nerven ... Ich habe mein Kind verloren, um Himmels willen! Und Sie kommen mir mit diesem Gerede und all diesen seltsamen Fragen. Ich weiß wirklich nicht, was Sie von mir wollen."

Und dann brach es heraus: „Verdächtigen Sie mich etwa ... Aber das ist doch Unsinn! Ich sage Ihnen, wo Sie Ihren Puppenspieler finden. Sie finden ihn in den höchsten Kreisen der Wirtschaft, der Politik und der Kultur, in der politischen Mafia, in den Medien, in Funk und Fernsehen, auf den roten Teppichen dieser Welt. Sie finden ihn bei den Extremisten, den politischen wie den religiösen, Sie finden ihn beim Militär und bei den Nazis und in jeder nur denkbaren Diktatur dieser Welt."

„Auch das haben Sie sehr schön gesagt, Herr Ultor, und ich glaube, Sie haben Recht. Der Mann, den wir suchen, ist aller Wahrscheinlichkeit nach kein dummer Unterschicht-Grobian. Es ist ein Mensch fast wie Sie und ich, ich wiederhole, ein kultivierter Mensch, einer, der um die dunklen Seiten seines sonst so lichten Wesens weiß, der aber", fügte er mit fast entrücktem Pathos hinzu, „im Gegensatz zu mir ... und Ihnen ... die Katze wirklich aus dem Sack gelassen hat. Was meinen Sie, kann man das so sagen?"

„Das kann man wohl so sagen", entgegnete ich mit einem kapitulierenden Blick auf die Wanduhr über dem Kaminsims. Dem wachsamen Auge des Kommissars war dies nicht entgangen und er hatte das Zeichen der Schwäche erkannt. Ich wurde verdächtigt, diese Entführung begangen zu haben. Dessen war ich mir jetzt sicher.

„Herr Ultor, ich kann mir beim besten Willen nicht vorstellen, wie ein Sexualstraftäter, zumal von seinem Bildungsniveau her ein relativ untypischer, in der Lage sein soll, in den schmutzigen Tiefen der kriminellen Unterwelt ein Netzwerk aufzubauen, das ihn im entscheidenden Moment vor der Unterbringung bewahrt. Mein Unglaube speist sich aus der Kombination der drei genannten Faktoren und einem zeitlichen: Sexualstraftäter, atypisch, Unterwelt und eben dieser Zeitpunkt, den nur derjenige kennen konnte, der bei Staatsanwaltschaft und Polizei an geheime Informationen gelangte."

„Ein Maulwurf?", fragte ich.

„Kein Maulwurf, Herr Ultor, eher ein Bergfink." Der Kommissar kicherte albern, und doch war es bitterer Ernst:

„Hatten Sie in den letzten drei Wochen Kontakt zu Personen, mit denen Sie Informationen über die Entwicklung des Falles Carolina Ultor ausgetauscht haben?"

„Sie meinen jemanden, dem ich gesagt habe, dass der Täter höchstwahrscheinlich in der forensischen Psychiatrie landen würde?"

„Genau das meine ich."

„Nein, das habe ich ... nun, ich habe mit Natalie, Amelie und Karl darüber gesprochen."

„Und sonst mit niemandem?"

Es gibt Glücksfälle, die einem nur einmal im Leben widerfahren. Mit dieser Bemerkung hatte der Kommissar einen Fehler gemacht. Er kam gerade rechtzeitig, um mir als Warnung zu dienen. Malanin war, wie ich vermutet hatte, bestens über meine Kontakte informiert und war dabei, ein Bewegungsprofil der letzten drei Wochen von Martin Ultor zu erstellen. Außen nahm es bereits Gestalt an, aber im Zentrum, wo sich die Fragmente zu einem interpretierbaren Ganzen zusammenfügten, lag noch einiges im Verborgenen. Nun war mir klar, dass der Kommissar ein sofortiges Eingreifen gegen mich nicht rechtfertigen konnte.

„Warten Sie, Herr Kommissar, ich glaube, da war noch jemand. Ich war auf dem Weg zur Bäckerei, das Datum ist mir entfallen, aber es muss vor etwa drei Wochen gewesen sein. Da kam ein Mann auf mich zu, der behauptete, in mir den Vater des ermordeten Mädchens zu erkennen. Ich zweifelte nicht an der Richtigkeit dieser Behauptung, denn die Veröffentlichung von Fotos in der Boulevardpresse war nicht zu verhindern. Nur der Himmel weiß, wie viele Bilder von Carolina und mir durch den Äther schwirren. Dieser Mann also, ein dicker, kahlköpfiger Mann mit einem freundlichen Allerweltsgesicht, fragte mich nach dem Fortgang der Ermittlungen, und er tat dies voller Anteilnahme und aufrichtigem Mitgefühl, so dass ich ihm – vielleicht war es falsch, aber wie konnte ich das wissen – meine Seele öffnete und ihm Gedanken und Gefühle mitteilte, die ich so lange und unter ungeheuren Mühen fest in meinem Herzen verschlossen halten musste. Herr Kommissar, ich sagte ihm, was ich wusste, und es war ... Ehrlichkeit, Authentizität und echtes, tief empfundenes Mitgefühl, die Fähigkeit, sich ganz in die Gefühls- und Erfahrungswelt des anderen hineinzuversetzen, nachzufühlen, was er fühlt, die Fähigkeit, gemeinsam zu trauern – all das spürte ich bei diesem Mann. Herr Kommissar, der Mann hatte Tränen in den Augen, sagen Sie mir, wo auf der Welt kommt das noch vor?"

„Aha, da war also jemand", antwortete der Kommissar nachdenklich. „Und dem haben Sie Ihr Herz ausgeschüttet, das ist ja verständlich. Aber Ihrer Frau haben Sie sich nicht offenbart. Ein Umstand, der ihr wichtig genug erschien, um Ihnen psychologische Hilfe anzuraten, was Sie aber abgelehnt haben. Verstehen Sie, warum ich das merkwürdig finde?"

„Ich ... das war früher", stotterte ich, „in der Zeit des unmittelbaren Aufruhrs sozusagen." Meine Fassade begann zu bröckeln. „Wir haben uns – vielleicht haben wir uns gegenseitig ins Unrecht gesetzt, Herr Kommissar, Sie wissen nicht, wie es ist, ein Kind zu verlieren. Es musste ein Fremder sein, dem ich mich öffnen konnte."

„Ein Psychotherapeut ist auch ein Fremder."

„Es passieren Dinge, die logisch nicht erklärbar sind, und das wissen Sie auch. Was wollen Sie von mir? Und außerdem habe ich sehr wohl professionelle Hilfe gesucht, das war erst gestern, überprüfen Sie das doch!"

„Wenn Sie mir das so sagen, Herr Ultor, welchen Grund sollte ich haben, an Ihrem Wort zu zweifeln?"

„Keinen."

„Wirklich nicht?"

Jetzt brach meine Verteidigung zusammen, ich schrie: „Nein, verdammt, wirklich nicht, lassen Sie mich in Ruhe und gehen Sie endlich. Ich will, dass Sie jetzt gehen!"

Malanin lachte spöttisch. „Aber Herr Ultor, beruhigen Sie sich, ich scherze doch nur. Nehmen Sie das nicht so ernst. Sie kennen mich, meine Scherze sind manchmal etwas derb."

In seinem Mund blitzten die Zähne eines Tigers auf. „Sie benehmen sich, als glaubten Sie, ich verdächtige Sie, den Mörder Ihrer Tochter entführt zu haben – und ihn festzuhalten, vielleicht um Selbstjustiz zu üben?"

Ich war wie tot. Kein Puls, kein Atem, keine Empfindung. In der Haltung des Kommissars lag die Genugtuung des Toreros vor dem letzten Stoß. Da erhob der Stier ein letztes Mal seine Hörner.

„Herr Malanin", flüsterte ich, „ich kann Sie nicht daran hindern zu denken, was Sie wollen, also denken Sie, was Sie wollen. Aber ich kann Ihnen versichern, dass Sie auf dem Holzweg sind. Ich nehme an, Sie haben sich gut umgesehen, und ja, die zwei Tassen und zwei Teller auf dem Tablett da drüben haben Ihnen gezeigt, dass ich nicht allein hier war. Ich habe es nicht eilig, aufzuräumen. Es bedeutet mir nichts. Wollen Sie wissen, wer bei mir war?

„Ich bitte Sie!"

„Der Mann heißt Fred Glaubnich, ein alter Studienfreund. Er ist Zellbiologe, wie ich. Er lebt und arbeitet in Amerika und ist gerade in Europa unterwegs. Er war nur ein paar Stunden hier, hat nicht übernachtet."

Fred Glaubnich war ein Geistesblitz, ein Geschenk des Himmels, der sprichwörtliche Strohhalm, an den sich Ertrinkende klammern. Er war tatsächlich ein Kommilitone gewesen und lebte, soweit ich wusste, in den Vereinigten Staaten. Ihn dort ausfindig zu machen und mich der Lüge zu überführen, würde sicher einige Zeit in Anspruch nehmen. Zeit für mich, um Luft zu holen.

„Was ist hinter der Tür dort?" Der Finger des Kommissars deutete auf die Tür zum Hinterzimmer. Ich folgte dem Finger mit den Augen und senkte den Blick.

„Das ist Carolinas Zimmer. Seit ihrem Tod habe ich es nur einmal betreten, um das Fenster zu verdunkeln. Ihr Kollege kann das bestätigen. Ich möchte nicht mehr hineingehen. Es ist zu schwer für mich, es weckt Erinnerungen. Ich kann das Glück und das Leid, das mit diesem Zimmer verbunden ist ... Ich kann es nicht ertragen, verstehen Sie, und ich werde ... Ich werde alles so lassen, wie es war, als sie ..."

Meine Worte hatten eine Flut von Erinnerungen ausgelöst. Erinnerungen, die von echten, schmerzhaften Gefühlen begleitet wurden. Ich musste weinen.

„Machen wir eine Pause, Herr Ultor." Der Kommissar erhob sich und ging zur Tür. „Ich bin in zehn Minuten zurück. Ich habe keine Fragen mehr, aber ich möchte Ihnen noch etwas sagen."

KAPITEL 68

Kaum war die Tür ins Schloss gefallen, eilte ich ins Hinterzimmer. Ich legte meine Hand auf die Klinke und lauschte. Kein Laut war zu hören. Der Mörder war offenbar noch bewusstlos, aber die Bewusstlosigkeit würde nicht lange anhalten. Ein Geräusch aus diesem Raum und ich hätte alles verloren. Zum Glück liefen die Elektromotoren sehr leise, unhörbar leise, wenn die Tür geschlossen war. Noch einmal berührte ich die Klinke und zuckte zurück. Auf keinen Fall durfte ich da rein! Hatte ich nicht gerade gesagt, dass ich diesen Raum nie wieder betreten wollte? Wahrscheinlich warteten die Geier da draußen nur darauf, dass ich mich zum Abschuss freigab. Ich setzte mich auf den Kaminsessel und wartete.

Wenig später hatte auch der Kommissar wieder Platz genommen. Er atmete tief ein, dass sich seine Nasenflügel blähten. Mit bedeutungsvoller Miene begann er:

„Wissen Sie, dass ich ein großer Verehrer des göttlichen Redners Theophrastos von Eresos bin? Er hat meine Liebe zum Wissensobjekt Mensch entfacht, er hat die Grundlagen der Charakterkunde gelegt. Ich verehre ihn sehr."

Die Pause, die nun folgte, dauerte eine Ewigkeit. Das Ticken der Wanduhr war schrecklich, so vergingen die letzten Sekunden auf dem Schafott. Ich war kurz davor, mich zu übergeben. Da hob Malanin plötzlich den Kopf, richtete mit ausdruckslosem Gesicht seine Weste und sagte:

„Herr Falk und ich werden jetzt nach Deutschland zurückkehren. Und Sie und ich, wir werden uns bald wiedersehen. Dann werden wir den Mörder Ihrer Tochter und ihren Entführer gefasst haben. Machen Sie sich keine Sorgen, es wird nicht mehr lange dauern.

Bis bald!"

KAPITEL 69

Eine Lähmung erfasste meine Beine. Meine Gesichtshaut kribbelte, ich fror fürchterlich. In meinem Kopf dröhnten Hammerschläge im Rhythmus von Galeerentrommeln. Krampfhaft versuchte ich, die Bilder, Gedanken und Eindrücke zu ordnen, die unter den Schmerzen keine Ordnung mehr hatten. Ich schleppte mich zum Waschbecken, dann weiter durch den endlosen Wohnraum, um endlich die durchgeschwitzten Kleider zu wechseln. Eine Dusche wäre schön gewesen, vielleicht sogar erfrischend, aber ich konnte nicht. Ich hätte zu dem Gefangenen gehen sollen, aber ich tat es nicht. Stattdessen warf ich mich aufs Bett und starrte die graubraune Decke an. In meiner Erschöpfung zerrann die Zeit wie Eis in der Sonne. Dann verlor ich das Bewusstsein.

Als ich wieder erwachte, war es Nacht geworden. Draußen war es still, fast unnatürlich still, wie ausgestorben. Die Welt hatte begonnen, sich von diesem Ort abzuwenden, sie hatte begonnen, die Bühne für den letzten Akt des Dramas zu räumen. Der Kommissar wusste alles, und er würde wiederkommen. Er würde mir einen Durchsuchungsbefehl unter die Nase halten und das Drama beenden.

Der Gedanke, mich in die Hände des Kommissars zu begeben, machte mir keine Angst. Dass ich keine Angst vor der Polizei hatte, habe ich schon mehrmals gesagt, so dass ich Grund zu der Annahme habe, dass das vielleicht nicht stimmt. Aber was soll's? Die Macht der Autosuggestion ist groß. Also redete ich mir weiter ein, und es funktionierte einigermaßen. Was machte es für einen Unterschied, ob ich nach vollbrachter Tat noch genügend Zeit haben würde, die Leiche zu beseitigen oder nicht? Es war mir völlig gleichgültig, und mit dieser Gleichgültigkeit zog ein paradoxer Friede in meine Seele ein.

Ich beobachtete den Mörder aufmerksam und wartete. Langsam hob er den Kopf. „Wasser, bitte etwas Wasser."

Ich brachte das gewünschte Glas und setzte mich wieder. Der Schlitten stand bei einem Meter achtundachtzig. Noch zweiundsiebzig Zentimeter.

„Bei gleichbleibenden Wetterbedingungen hast du noch drei Stunden", stellte ich zufrieden fest.

Minutenlanges Schweigen. Dann endlich:

„Drei Stunden für mich, eine Ewigkeit für Sie."

„Was soll das heißen?" Meine Stimme klang jetzt ruhig und fest. Der Gedanke, dass es bald zu Ende gehen würde, war eine große Erleichterung.

„Was soll das heißen?", wiederholte ich.

„Ich habe noch drei Stunden auf dieser Welt, das mag sein. Sie aber, Herr Ultor, werden sich weiter quälen und vergeblich auf Erleichterung hoffen! Sie sind der Knecht Ihrer Rache. In Ihrer Rache pflanzt sich das Böse fort. Ein einziger süßer Augenblick, und alles ist vorbei. Was folgt, ist Bitterkeit. Bitterkeit bis zur Stunde Ihres Todes!"

„Halt' das Maul, du ekelhaftes Monster!"

Es war nur ein kurzer Moment der Schwäche. Dann besann ich mich. Ich würde ruhig dasitzen und zusehen, wie das Werk vollbracht wurde.

„Rede weiter so", verhöhnte ich den Mann auf dem Schlitten, „und bete zu deinem Dämon, dass er dich vor der Angst und dem Schmerz bewahrt, die kommen werden. Leiden wirst du, du Bastard, leiden für deine Schuld. Sieh genau hin! Dies ist dein Golgatha, dein Golgatha ohne Vergebung, dein Golgatha ohne Erlösung, ohne Licht und Hoffnung."

„Sie irren sich." Mit einem Ruck richtete sich der Mann auf, aus seinen Augen trat ein helles Leuchten.

„Es geht nicht darum, was ich Carolina angetan habe, sondern darum, was ich Ihnen angetan habe! Ich wollte Carolina nicht töten. Es war ein Unfall, ein schrecklicher Unfall. Es tut mir leid, es tut mir so furchtbar leid!"

Jetzt konnte ich nicht mehr an mich halten.

„Ein Unfall? Es tut dir leid? Ich sage dir, was ein Unfall ist. Das bist du selbst! Ein Unfall der Natur, eine Krankheit bist du, eine Seuche wie Pest und Ebola, du widerlicher Dreckskerl."

„Aber Sie verstehen nicht!", protestierte der Mann. „Was wissen Sie von mir, dem Menschen, den Sie töten? Was wissen Sie über die, die so sind wie ich, die Gewalttäter, Kinderficker und Sexmonster, wie Sie sie nennen?"

Ich hielt mir die Ohren zu, aber ich hörte weiter.

„Er fordert mich heraus, das denken Sie jetzt, nicht wahr, er gibt mich der Lächerlichkeit preis, in der absurden Hoffnung, die bittere Erkenntnis seiner gescheiterten Existenz noch ein paar Minuten hinauszuschieben. Sehen Sie, Herr Ultor, ich kenne Sie besser, als Sie denken, und wissen Sie, warum? Ich kenne Sie, weil ich die Menschen kenne, weil ich mich kenne und weil ich das Böse kenne. Es ist ein Teil von mir und von uns allen, ich spüre es und es quält mich. Der Dämon wohnt in meiner Seele, er bedroht mich und fordert Opfer. Ich soll ihm Mädchen bringen. Junge, unschuldige Mädchen will er haben, solche, die frei sind von List und Tücke und der schrecklichen Macht der Frauen, die wie Spinnen die Männer in heiße Kokons aus falscher Liebe einspinnen, um sie schließlich in haarigen Schlünden zu verschlingen."

„Was für ein Blödsinn! Du verdammter Mistkerl!"

Atemlos vor Wut rannte ich aus dem Haus. Die Axt und das Holzscheit lagen noch da. Ich nahm die Axt aus dem Holzscheit und ging wieder hinein.

KAPITEL 70

Der dunkelblaue BMW hatte den Gotthard bereits hinter sich gelassen, als der junge Polizist das Schweigen brach. „Und wie sehen Sie das jetzt, Herr Malanin?"

Der Angesprochene war tief in Gedanken versunken. Die Antwort kam in Form einer Gegenfrage, das Ergebnis der Gedankenkette, die Malanin während des langen Schweigens geknüpft hatte. „Was denken Sie, Herr Falk?"

Der junge Polizist war verwirrt. „Ich? Nun, ich weiß nicht, was Sie da drinnen besprochen haben, aber draußen war alles in Ordnung, soweit ich das beurteilen kann. Ich bin um das Haus herumgegangen, habe mich im Wald umgesehen, habe alles im Umkreis von hundert Metern überprüft. Nichts Verdächtiges. Eine Berghütte mit ein paar Fenstern, ein Dach, ein Schuppen hinter dem Haus, ein Auto davor, mehr nicht. Und, erlauben Sie mir die Frage: Wonach hätte ich denn suchen sollen? Es ist schwer, etwas zu finden, wenn man das Ziel seiner Ermittlungen nicht genau kennt."

„Aber ja", antwortete der Kommissar, „ich habe Sie gebeten, sich umzusehen, und das haben Sie getan. Was hätten Sie denn suchen sollen? Sie wussten ja nichts Genaues."

Mit einem Räuspern fügte Malanin hinzu: „Was mich beunruhigt, ist die Tatsache, dass ich Ihnen immer noch nicht mit Sicherheit sagen kann, inwiefern der Mann verdächtig ist. Ich kriege es einfach nicht auf die Reihe, es ist nur so ein Gefühl. Und es ist eigentlich unmöglich."

„Also ist er doch verdächtig?", unterbrach der Junge den Alten.

„Nein, nein. Das ist es ja gerade, mir fehlt hier ein Stück und da ein Stück, es ergibt alles keinen Sinn. – Lassen Sie uns jetzt nach Hause gehen. Dann sehen wir weiter."

„Sie meinen, wir sollten den Fall ..."

„Ja, ich meine, wir sollten den Fall noch einmal ganz von vorne aufrollen, von A bis Z analysieren, was wir haben, alles bis in den letzten Winkel durchleuchten, das Unauffällige ans Licht bringen. Es muss eine Spur geben, die zu dem Drahtzieher dieser Entführung führt. Heute Abend fangen wir wieder von vorne an, Herr Falk, heute Abend! Trommeln Sie alle zusammen, die Sie kriegen können."

„Aber ..."

„Kein Aber, Herr Falk, ich bin sicher, dass die Determinanten, die wir zur Lösung unserer Gleichung brauchen, bereits offen vor uns liegen."

KAPITEL 71

„Ich schlag dir den Schädel ein, du mieses Stück Dreck!"

Die Muskeln zum Zerreißen gespannt, hob ich die Axt in die Luft. Der Mörder blickte in mein Gesicht, dann fragend auf das Nagelbrett. Noch sechzig Zentimeter trennten den an den Schlitten gebundenen Körper von den Nagelspitzen. Noch einmal suchte ich seinen Blick, suchte die Angst in seinen Augen, aber da war nur Trauer. Verärgert ließ ich die Axt zu Boden fallen. Der Augenblick der Rache war noch nicht gekommen. Ich setzte mich an den Tisch und lauschte dem leisen Tuckern der Motoren. Das Barometer zeigte 1030 Hektopascal an.

„Sie kennen die Natur des Menschen, nicht wahr, Herr Ultor? Sie haben sich ein Bild von mir gemacht, das Urteil ist gesprochen, und es ist das einzig wahre, ein Gottesurteil. Ich bin dem Tode geweiht, aber wenn ich sterbe, wird das, was mich bewegt, was mich beherrscht und antreibt, für immer weiterleben. Es wird wachsen und blühen in der menschlichen Tragödie! Ich sehe, Herr Ultor, mein Richter über Leben und Tod, Sie verstehen mich nicht."

Ich verstand tatsächlich nicht. Worauf wollte der Mann hinaus? Das war sicher nur der nächste Akt in dem grotesken Verwirrspiel, das er mit mir trieb. Ich herrschte ihn an: „Jetzt hör endlich auf, dich zu rechtfertigen, du Bastard, es gibt keine Absolution für das, was du getan hast!"

„Nein, die gibt es nicht. Und ich will sie auch nicht. Ich will von den Feuern sprechen, von den Kämpfen meiner schrecklichen Natur, von der Kraft der Zerstörung, die in mir und in allen, die so sind wie ich, wohnt. Ich will von der Angst sprechen, die dem Bösen in uns das Zepter in die Hand gibt, und davon, dass die Menschen, wenn es hart auf hart kommt, immer die Lüge und den Selbstbetrug der Wahrheit vorziehen.

Darin liegt das eigentliche Übel, aber das versteht ihr nicht! Und kommt mir nicht mit den zwei Seelen in der Brust des Doktor Faust. Ist damit das Wesen des Menschen erschöpfend behandelt? Nein, nichts ist geklärt. Der Trugschluss von der Einheit der Seele bleibt letztlich bestehen, weil der gemeine Mensch das Empfinden des Seelischen immer mit der Wahrnehmung seines Körpers in Einklang zu bringen sucht. Ein Körper, eine Seele. Das tut er, um sich als Einheit zu empfinden, nicht weil er es wirklich ist."

Ungläubig sah ich den Gefangenen an. Der Schlitten war wieder ein paar Zentimeter vorgerückt, aber der Mörder trank mit bedeutungsvoller Miene einen Schluck Wasser und fuhr unbeirrt fort:

„Das Gefühl der Einheit eines kaum fassbaren, aber doch real vorausgesetzten Ichs ist der Gauklertrick der Evolution schlechthin. Sie ist die größte Illusion der Menschheit. Wäre die Seele nur eins, wie leicht und glücklich lebte sie in dieser Welt, einem Himmel ohne Trieb und Begierde, frei von Angst, Schmerz und Leid! Aber das ist alles nur ein Traum. Die Seele – sie ist ein Puzzle aus tausend Teilen. Zu einem dichten Netz verwoben, schaffen die Teile die Illusion des Ganzen. Jedes verströmt seinen einzigartigen Duft, hat seinen eigenen, unverwechselbaren Willen. Nicht einem, nein tausend Willen gehorcht das Leben des Einzelnen! Und ebenso irrig wie die Vorstellung von der einen Seele des Menschen ist die Vorstellung vom Gehirn als Steuerungsinstanz des Psychischen. Die Allmacht des Gehirns ist eine Chimäre, weil der gemeine Mensch unter dem Trugbild seiner bewussten Wahrnehmung von den Revierkämpfen seiner kleinen, im Verborgenen agierenden Willenseinheiten gar nichts mitbekommt. Stattdessen glaubt er, von sich selbst, von seiner Eigenart zu wissen, ja, er glaubt, sich selbst zu kennen!"

Ich fragte mich, warum der Mann so viel redete, vor allem

aber, warum ich mir das alles gefallen ließ.

„Von wem hast du das, Mörder? Aus den Upanishaden geklaut, von Buddha abgeschrieben, mit etwas Hesse vermischt? Das ist ekelhaft."

Mitleid flackerte in den Augen des Mannes auf, dann neigte er den Kopf und legte die Stirn in Falten, als wolle er fragen, ob ich mir der Anmaßung und Heuchelei meines Verhaltens überhaupt bewusst sei. Und er sprach einfach weiter:

„Die Seele ist ein Entwurf des Wesens, den das Kind von sich selbst erfasst, in der Jugend entfaltet und schließlich als gültig anerkennt. Sie entspringt der reinen Leiblichkeit des Neugeborenen und drängt bald, an Form und Farbe gewinnend, aus der Tiefe des Fleisches ans Licht, wo sie reift, Gestalt annimmt, hell oder dunkel wird. Und wie die Abendsonne einen Teppich von tausend funkelnden Lichtern über die stillen Wasser eines windstillen Meeres ausbreitet, so kann man sich die Seele als ein Netz, ja als ein Kleid vorstellen, das aus Millionen und Abermillionen von funkelnden Prismen besteht, die, nach Größe und Form grundverschieden, das Licht, das sie erleuchtet, in einzigartiger Weise zu brechen vermögen. In der Ordnung, der Form und den materiellen Eigenschaften der Prismen liegt das Wesen des Menschen begründet. Man sagt, es sei unveränderlich. Was uns rot erscheint, bleibt rot, was gelb ist, bleibt gelb, was blau ist, bleibt blau. Aber das stimmt nicht. Alles hängt von der Beschaffenheit der Umgebung ab, von der Wellenlänge und dem Einfallswinkel des Lichts, das auf die Prismen trifft. Und so ist es möglich, dass in diesen Augenblicken, wenn die Winkel stimmen und die Wellenlängen passen, unserem eigenen Wesen, das wir für unveränderlich hielten, tausend farbige Schatten entlockt werden, Spektren, von denen wir nicht wussten, dass wir sie in uns tragen, Töne, von denen wir nicht wussten, dass unsere Prismen sie hervorbringen können. Das ist der Plan der Natur, das ist der Plan Gottes.

Ich war sprachlos. Die Groteske nahm kein Ende. Maßlos verärgert darüber, dass ich wirklich zuhören, den Argumenten folgen und sie verstehen wollte, verließ ich den Raum. Dieser Dämon kämpfte mit den Waffen seiner unerhörten Sprache, er trotzte der unaufhaltsamen Mechanik des Schlittens mit dem Schild seiner Worte, Worte gegen die Elemente, Worte gegen den Tod. Mit Widerwillen fühlte ich, wie diese Worte an meinem Panzer kratzten, wie sie mich auf seltsame Weise berührten, wie sie mich bei der Lüge ertappten, beschämten, wie sie mich faszinierten und quälten, wie sie die Wahrheit spiegelten und doch unmöglich wahr sein konnten.

„Ob eine Seele stark oder schwach, stabil oder zerbrechlich ist, hängt von der inneren Kraft der Prismen und der Stärke ihres Zusammenhalts ab. Dort, wo sie fest und unerschütterlich zusammenhalten, haben sie den Anschein einer festen Einheit. Wo dies nicht der Fall ist, sind sie wie Gras im Wind. Ständig wechselnde Einfalls- und Brechungswinkel erzeugen ein Chaos von Lichtblitzen, und das Netz, geschwächt vom Gewirr der Reflexionen, wird müde und brüchig. Schließlich zerreißt es, und die Illusion von der Einheit der Seele zerplatzt; zurück bleibt die Ohnmacht des Dirigenten, dessen Orchester, allen Anweisungen zuwider, ohne Takt und Rhythmus, die Noten willkürlich herunterspielt."

Der Gefangene hielt kurz inne, um Wasser zu trinken. Seine Mundwinkel zuckten leicht, ein Auge zitterte.

„Die Seelen der Schwachen sind schrecklichen Bedrohungen ausgesetzt. Wie dem Farbtropfen im Meer droht ihnen der Zerfall ins Nichts. Die Schwester dieser Bedrohung heißt Angst, und sie ist ebenso schrecklich wie existentiell."

Er sah mich an. Ich starrte auf das Nagelbrett, meine Hoffnung!

„Ich will Ihnen eine Geschichte erzählen", fuhr er fort, „vielleicht verstehen Sie dann. Sie beginnt im Heizungskeller eines großen Wohnhauses. An der schweren Eisentür hängt ein altes Schloss. Niemand weiß, wer den Schlüssel hat. Aber wen kümmert's? Rein will sowieso keiner, denn es geht das Gerücht um, dass dort die Hexen wohnen.

Aber in Wirklichkeit wohnen dort keine Hexen, sondern Lichtwesen. Ihr Licht gleicht dem des Krills, der nachts aus den Tiefen des Meeres an die Oberfläche steigt und bei Tagesanbruch wieder in die ewige Dunkelheit zurückkehrt. Diese Wesen sind weder groß noch klein, sie haben keine feste äußere Hülle, sie sind zerbrechlich und sehr ängstlich. Sie können den Raum nicht verlassen, denn das helle Licht der Außenwelt würde ihr eigenes Licht zerstören.

Aber auch Isolation und Abgeschiedenheit tun unseren Lichtwesen nicht gut, die Welt da draußen muss schön sein. So denkt auch der Lichtgeist, der auf dem Öltank sitzt. Er heißt Nocebo. Voll scheuer Sehnsucht leidet er still und aus Angst, von seinen Brüdern ausgelacht zu werden, immer für sich allein.

Doch seine Neugier und sein Tatendrang sind groß. Im Schutz der Dunkelheit wagt sich Nocebo schließlich hinaus, wenn alle Türen des Hauses verschlossen sind, wenn alles schläft, kein Licht die Gänge erhellt, wenn alles leer und ausgestorben ist. In freudiger Erregung schleicht er durch die Gänge, streift an den Zimmern der Menschen vorbei, bleibt bald hier, bald dort stehen, wirft scheue Blicke durch das Schlüsselloch und kehrt sehnsuchtsvoll in seinen Keller zurück.

Ab und zu tritt ein Mensch in den Flur. Alles wird hell. Da steht unser Lichtwesen plötzlich nackt und schutzlos im gleißenden Licht, und panisch vor Angst erliegt es dem Irrglauben, man trachte ihm nach dem Leben. Da tobt und wütet es mit Urgewalt, reißt den armen Menschen in Stücke, läuft, immer noch taub vor Erregung, in seinen Keller zurück. Es wundert sich. Was habe ich getan? Es versteht es nicht, was bleibt, sind unklare Gefühle, Verwirrung, Scham und tiefe Traurigkeit.

Seine Brüder haben natürlich alles mitbekommen. Sie kriechen an den Mauern entlang, wollen das Unglück ungeschehen machen, aber draußen versammeln sich schon die Rächer. Sie beraten Vergeltung. Panzertüren sprengen, aushungern, Giftgas einsetzen. Noch sind sie sich nicht einig.

In den Wänden des Kesselhauses sind Risse, kleine, gewundene Öffnungen, durch die man hindurchsehen kann. Das haben sie schon immer getan, aber jetzt tun sie es umso eifriger. Nocebo und seine Brüder, gehetzt von den brennenden Blicken der Verfolger, suchen scheinbar ziellos nach dem sicheren Winkel, in den das bohrende Auge der Gerechten nicht vordringen kann. Panisch irren sie umher. Sich ihrer Nacktheit bewusst, sind sie ihren Verfolgern hilflos ausgeliefert. Dieser Zustand heißt Scham. Er ist unerträglich. Kein Herzenswunsch ist stärker als der, die Scham zu tilgen. Scham macht blind, taub und stumm, und sie macht unendlich wütend."

Ich zählte die Nägel auf dem Brett. Wenn es nur endlich vorbei wäre. Und dann wieder diese unerklärliche Regung, Verwunderung und Abscheu vor der Ergriffenheit, in die mich seine Worte versetzt hatten. Wie war das möglich? Wie war es diesem Menschen gelungen, eine Brücke über den Abgrund zu schlagen, der uns trennte, wie war es diesem Außerirdischen gelungen, der Welt die Hand zu reichen? Diese Kreatur war trotz allem zu Gefühlen fähig, tiefe Empfindungen, die auf schreckliche Weise anziehend waren, wie ein Gesicht, das, runzlig und alt, Schönheit aus Würde schöpft. Wütend suchte ich nach Falschheit in seinen Worten, seinen Gesten, seinen Augen, aber ich fand sie nicht.

Und hörte dies:

„Vom drohenden Untergang im schändlichen Nichts in

existentielle Angst versetzt, lenkt Nocebo seinen Zorn gegen die Augen, Ohren und Zungen der Welt. Seine Gewalt zielt auf die Vernichtung des imaginierten Bösen, auf die Auslöschung der Schande. Und doch ist alles nur symbolisch, nichts ist real, nichts kann ungeschehen gemacht werden.

Das Verbrechen klagt ihn an, die Tat brennt wie Säure auf seiner Haut, er erstickt am Knebel der beschämenden Schuld. Nur der Tod bringt Erlösung von den Qualen seiner Seele, auch das spürt er. Im Tode wird die Marter enden, aber wie alle toten Seelen wird auch die seine eine neue Heimat suchen und ihren Unterschlupf finden bei denen, die, von Hochmut und Überheblichkeit verblendet, sich für gut halten, die das Böse in ihrem Herzen nicht sehen wollen, es verleugnen, und die deshalb gar nicht merken, wie Nocebos Seele und die der Mörder und Totschläger durch sperrangelweit geöffnete Türen Einzug hält in die verkommenen Herbergen der vermeintlich Reinen."

Der Gefangene starrte die Wand an. Etwas Wahnsinniges lag in seinem Blick.

„Nocebo hat das Tor geöffnet und Jaldabaoth, der Sohn des Chaos, kommt in Ihr Haus!"

„Für Sie kommt jede Hilfe zu spät", sagte ich leise. Die Zweifel änderten nichts. Der Mann musste sterben.

„Wussten Sie, dass dort, wo Menschen ihre Schuld mit dem Leben bezahlen, mehr Verbrechen gegen das Leben und die Menschlichkeit begangen werden als anderswo, wo man das Talionsprinzip nicht zum Götzen erhoben hat? Das wissen Sie doch, oder? In den Vereinigten Staaten ist der Zusammenhang zwischen der Härte der Strafe und der Schwere des Verbrechens zweifelsfrei nachgewiesen worden. Wenige Wochen nach der Vollstreckung von Todesurteilen steigt die Zahl der Gewaltverbrechen deutlich an. Jedes Leben, das durch die Hand des Staates ausgelöscht wird, kostet zwei Unschuldige, die durch den Verfall der Sitten, durch den Niedergang der Moral, durch den Verlust der Menschlichkeit gefordert werden."

Ich wusste es nicht und glaubte es nicht. „Ach, reden Sie sich nicht heraus! Damit retten Sie Ihre Haut nicht." Wie zufällig legte ich einen Finger auf die Narbe an meinem Arm. Sie brannte wie Feuer.

„Wir sind noch nicht weit gekommen, das sehe ich. Glauben Sie immer noch, dass alles, was ich tue, meinem physischen Überleben dient? Aber für mich kommt jede Hilfe zu spät, ich weiß es längst, ich bin verdammt vor Gott und den Menschen, verdammt in alle Ewigkeit. Ich ertrinke in einem Sumpf aus Scham und Schuld."

Der Gefangene korrigierte seine Sitzposition. Offenbar schmerzte sein Gesäß. Wahrscheinlich hatte er sich wund gesessen. Aber das spielte jetzt keine Rolle mehr. Er hatte mir etwas zu sagen.

„Sie kennen doch die Geschichte vom Großinquisitor, oder? Ich nickte stumm.

„Der Großinquisitor kennt die Wahrheit des Herrn wie nur wenige, er weiß um all die Mühsal und die Entsagung, die im Geheimnis der Wahrheit verborgen liegen, und um das Versagen vieler vor ihr, er weiß um den Betrug an den Menschen – und er nutzt die uns allen von Gott gegebene Freiheit, sich statt mit Christus mit dem Widersacher zu verbünden. Er weiß das alles und fühlt es mit brennendem Hass und glühender Verachtung; so sehr ist ihm diese Wahrheit zuwider, dass er sie auslöschen zu müssen glaubt, indem er die Werke Christi auf der Grundlage des Wunders, des Geheimnisses und der Autorität neu entwirft! Und so tut er, dem alle Geheimnisse des Herrn offenbart sind, er, der auch das Geheimnis dieses Schlittens hier kennt, was er glaubt, zum Wohl der Menschheit tun zu müssen."

„Das ist doch lächerlich", schrie ich, „Karamasow, sein Hohepriester, der leibhaftige Erlöser, und die Angst der Menschen, ihre Freiheit zu leben ... Was hat das mit mir zu tun? Sie glauben doch nicht an Gott, Sie Hund! Sie halten sich allen Ernstes für den leibhaftigen Erlöser! Wie können Sie es wagen? Großinquisitor, mein Gott, was für ein Wahnsinn!"

Der Hals des Mannes krampfte sich unwillkürlich zusammen, seine Wangen zuckten, aber seine Augen leuchteten. Verwirrt blickte ich zu Boden.

„Aber so verstehen Sie es doch", rief der Gefangene. „Gott, der irdische Richter, Gnade, Mitleid, Vergebung, davon ist hier nicht die Rede! Es geht um das Erkennen des Guten und des Bösen in uns selbst, um ihr existentielles Verhältnis zueinander, um ihren täglichen Kampf um die Vorherrschaft in unserem Handeln und um die Versöhnung beider durch die Vernunft, die sich auf die Seite des Guten stellt, nicht weil sie es will, sondern weil das Leben ihr zeigt, dass sie es muss, wenn es eine Zukunft geben soll!".

Mir blieb nur ein demonstratives Hohngelächter.

„Ha, ha, ha. Jetzt sind wir also bei der Psychomachia angelangt, was? Tausendfünfhundert Jahre Seelenkampf, die ewigen Laster im Streit mit den ewigen Tugenden. Ich bin zu Tränen gerührt!"

Sofort wurde mir die Absurdität meiner Worte bewusst. Mein Kopf dröhnte unter dem Echo der krachenden Sätze des Gefangenen. Sie belagerten den Schutzwall meiner Seele, wüteten in der Bastion meines Hasses und schlachteten die Vorurteile nach Belieben ab.

„Ich habe mich schuldig gemacht vor Gott und den Menschen, aber ich konnte nicht anders."

„Sie wollten es so, weil Sie krank sind, und Sie haben es getan, weil Sie böse sind!

„Das metaphysisch Böse ist unbesiegbar, man kann es nicht

töten. Ich ... ich habe nicht mehr viel Zeit, ich bitte Sie, lassen Sie mich die Geschichte von Nocebo zu Ende erzählen."

Plötzlich überkam mich eine tiefe Verlegenheit, als wäre ich beim Masturbieren ertappt worden. Meine Wangen brannten. Verlegen blickte ich zum Fenster.

„Lange nach der schrecklichen Tat hat er erkannt, dass Angst, Scham und Schuld in seinem Herzen weiterleben, und er ist ängstlicher denn je. So sucht er Zerstreuung, riecht den würzigen Duft des Frühlings, erfreut sich am Grün der Natur, lebt und vergisst, weil er es muss, um nicht zugrunde zu gehen. Er verbannt die Qualen in den hintersten Winkel seiner Seele und geht scheinbar sorglos seinen Weg. Inzwischen hat sich der Zorn der Gerechten gelegt, nach dem Aufruhr kehrt der Alltag ein.

Nocebo setzt seine nächtlichen Streifzüge fort. Wieder späht er durch die Schlüssellöcher, wieder bricht die Sehnsucht nach Wärme und Geborgenheit durch. Ein neuer Zyklus beginnt. Das Ende kennen wir.

Der Heizungskeller fällt im Sturm, und im glühenden Licht der Welt zerfällt Nocebo zu Staub, und mit ihm seine Brüder.

Doch der Staub, von der Luft durch die Gänge getragen, fällt den Menschen auf die Schultern. Er dringt in Augen, Nasen und Ohren, erobert Nischen und Winkel und alle Verstecke des Hauses. Kaum hat man es bemerkt, ertönt eine Ode an die Reinheit, man pflegt Reinigungsrituale und heilige Waschungen, strebt nach Läuterungen aller Art. Doch so sehr man auch putzt und wienert und schrubbt, der Dreck will einfach nicht weichen.

Na ja, denkt man sich, ein bisschen Schmutz lässt sich nun mal nicht vermeiden. Aber der größere Dreck braucht eine besondere Behandlung, so muss es sein. Wir sperren sie weg, vorsichtshalber. Was bleibt uns anderes übrig? Mit denen, die partout nicht sauber werden wollen, muss man eben so umgehen, wo kämen wir denn sonst hin, die stellen uns ja das ganze Haus auf den Kopf!

Also überlässt man die Dreckigen sich selbst, kümmert sich nicht weiter um die lästige Angelegenheit und hofft auf die Selbstreinigung der Dreckschweine in ihrem Stall. Die Sauberkeitsbehandlung schlägt natürlich nicht an. Im Gegenteil, alles wird noch schlimmer.

Es kommt der Tag, an dem der Staub bis in die letzte Faser eingedrungen ist. Die Luft im Stall ist verbraucht, das Leben im Dreck zur Gewohnheit geworden; und dann vollzieht sich eine wundersame Verwandlung. Die Dreckigen verlassen ihre irdische Hülle, sie transzendieren und werden zu Licht. Eine neue Generation von Lichtwesen ist geboren!"

Ein unnatürliches Lächeln umspielte die Lippen des Mannes. Dieser Vortrag war sein Vermächtnis, und ich ließ ihn gewähren. Noch fünfundvierzig Zentimeter.

„Der Lebenszyklus der Lichtwesen ist schicksalhaft und unabänderlich, er endet in Tod und Verderben. Aber eine Hoffnung bleibt, denn aller Wahrscheinlichkeit zum Trotz kann es passieren, dass ein gerechter Mensch den Moment, in dem Nocebo durchs Schlüsselloch schaut, nutzt, um ihm eine einfache Frage zu stellen:

Kleines Licht, wie geht es dir?

Nocebo ist wie gelähmt. Ein Mensch, der mit ihm spricht, das ist ein Ding der Unmöglichkeit, so etwas Ungeheuerliches hat es noch nie gegeben!

Komm näher, sagt der Mensch, ich will dich kennen lernen.

Das darfst du nicht, antwortet Nocebo entsetzt, denn ich bin böse, und wenn du herauskommst, werde ich dich töten! Da geht er fort und kommt nicht wieder. Lange bleibt er fort, bis Neugier und Sehnsucht, bis die prickelnde Lust am Unbekannten ihn wieder vor die Tür des ungewöhnlichen Menschen treiben.

Und wieder sucht dieser das Gespräch, ja er verhält sich geradezu so, als erkenne er dieses von Wut und Hass und Scham gezeichnete Wesen als seinesgleichen an, ein ungeheuerlicher Vorgang, bedenkt man die Schwere der Schuld, die Nocebo auf sich geladen hat.

Aber die Offenheit dieses Menschen hat etwas Gewinnendes, sein Interesse ist frei von Heuchelei und moralischer Überheblichkeit. Es ist ein Interesse, das verstehen will, das nicht bestrafen will. Nocebo zweifelt noch, flieht wieder, zögert, hält inne, antwortet schließlich. Er geht, kommt wieder, geht, und so weiter, Tag für Tag, Monat für Monat, Jahr für Jahr.

Und nun kommt der Tag, an dem der Mensch die Tür öffnet. Ganz leise und vorsichtig tut er es. Er geht zu dem verfluchten Heizungskeller.

„Bist du noch da?" Nocebo erkennt die Stimme, Misstrauen verschließt seine Lippen. Aber der andere lässt nicht locker. Mit bedingungsloser Wertschätzung – wie ist das möglich, denn Nocebos Bosheit ist unübertroffen? – harrt er vor der Kammer aus.

Es mag regnen oder schneien, es mögen die furchtbarsten Stürme toben, dieser Mensch ist ein Fels in der Brandung, er steht fest und unbeweglich, und selbst wenn Wut und Hass den Raum zum Kochen bringen, er lässt sich nicht vertreiben. Er widersteht dem Ansturm der Dämonen, er widersteht allem!

Endlich kommt die Stunde, in der die steten Wasser der Wertschätzung Nocebos ängstliches Herz berühren und des Menschen Echtheit und Wahrhaftigkeit den Panzer um seine Seele durchdringen.

Jetzt erkennt der Mensch das ganze Leid, er versteht Nocebos Qualen, spürt, was ihn bewegt, und sieht ihn, wie er wirklich ist. Sofort packt er das Leid an der Wurzel, schöpft die

Qual aus der Quelle und ringt um Linderung. Er reicht Nocebo die Hand, gemeinsam durchqueren sie glühende Wüsten und eisige Meere, fest und unerschütterlich im Glauben an ein besseres Leben.

Viele Jahre sind vergangen. Endlich wagt sich Nocebo heraus und tritt ins gleißende Licht der Welt. Schweigend steht er da. Das Licht hat seinen Schrecken verloren. Eingehüllt in einen Mantel aus guten Worten und heilsamen Erfahrungen, verbannt Nocebo die Schatten der Vergangenheit. Mutig betritt er den Korridor, und siehe da, es funktioniert, auch unter den anderen Menschen lässt es sich leben. Da spürt er, dass er sich verändert hat, er spürt, wie Wut und Hass und Angst und Verzweiflung schwinden, er spürt, wie Nocebo stirbt und Mutabor geboren wird. Die Kammer der Verdammnis liegt nun hinter ihm".

Der Gefangene stieß einen tiefen Seufzer aus und verstummte.

Ich suchte in mir nach dem Funken, der meinen Hass wieder entzünden würde.

Nach einer Weile sagte ich: „Und was soll das jetzt? Soll das heißen, dass die Therapie aus euch Monstern kleine Engelchen macht? So eine Art Chorknaben der himmlischen Heerscharen? Und wer denkt an die Opfer, wer kümmert sich um sie? Alles Lügen, nur Lügen, Leute wie Sie ändern sich nie!"

„Doch, es ist möglich, es ist schwer, aber es ist möglich", sagte der Mann. „Ihr glaubt, dass unser Tod Gerechtigkeit bringt. Aber das ist ein Irrtum! Im Hass vereint sind wir alle Brüder und Schwestern, im Hass vereint essen wir Rache und trinken Vergeltung. Blut ist unser Unterpfand."

„Unsinn, ich brauche keine Belehrung!", rief ich mechanisch.

Der Gefangene richtete sich auf. „Glauben Sie wirklich, Herr Ultor, dass Menschen wie Sie und ich, Menschen, die töten, Freude empfinden können an der Auseinandersetzung mit ihrer inneren Welt, dieser kaputten Welt, aus der es kein Entrinnen gibt? Glauben Sie wirklich, dass uns, die wir an uns selbst ersticken, auch nur ein Tröpfchen wahren Glücks im Leben vergönnt sein wird? Die Dämonen sind mächtig, sie geben nicht auf. Hass, Neid und Missgunst, Wut und Angst – das sind ihre Namen. Und sie werden siegen, wenn ihr den Schwachen nicht helft, und noch mehr Tod, noch mehr Verderben wird die Folge sein. Ich sage Ihnen, wer die Gewalt der seelisch Mittellosen bekämpfen will, darf nicht Auge um Auge handeln. Die Gewalt ist eine Herausforderung des Bösen in uns allen, ihr müsst sie annehmen, euch selbst auf den Prüfstand stellen, gut reden, gut handeln, gut sein! Es gibt keinen anderen Weg!

KAPITEL 72

Ich konnte nicht mehr. Die Worte des Mannes auf dem Schlitten waren ein Menetekel. Mühsam kroch ich auf allen vieren die Treppe hinauf. Die Matratze lag vor mir wie das rettende Ufer für den Ertrinkenden. Der Raum flackerte vor meinen Augen. Als ich auf dem Rücken liegend zur Decke aufschaute, bewegten sich die Bretter plötzlich nach rechts, dann nach links, ich konnte die Bilder nicht festhalten. Ich versuchte, mich zu konzentrieren, mich mit aller Kraft meiner Schwäche zu wehren, aber vergeblich. Ich war den Eingebungen meiner außer Kontrolle geratenen Wahrnehmung hilflos ausgeliefert.

Rasende Kopfschmerzen führten mich an die Grenzen meiner Wahrnehmungskraft. Wenigstens standen die Bilder jetzt still, und ich beschloss, mich dem Schmerz zu stellen. Ich würde das Hämmern in den Schläfen ertragen, der Kopf würde nicht platzen. Ich stellte mir vor, wie mit jedem Kolbenhieb eine Sekunde verging, wie das Ticken der Wanduhr den Schlitten unaufhaltsam vorwärts trieb, wie die Angst des Mörders wuchs und unerträglich wurde, bis sich der blanke Stahl in das Fleisch der Bestie bohrte. Ich schloss die Augen.

Irgendwann ließ der Schmerz nach, und mir wurde bewusst, dass ich mich an Deck eines Schiffes befand. Genauer gesagt stand ich am Ruder eines Langbootes, eines jener hochseetüchtigen Schiffe, mit denen die Wikinger schon vor tausend Jahren die Meere überquerten. Am Bug spuckte ein Drache Feuer ins Meer. Eine Brise blähte das Großsegel, die Gischt zeichnete feine Linien in die tiefblaue See. Das Wasser war ungewöhnlich klar, man konnte den Meeresgrund deutlich erkennen. Die Landschaft dort unten glich in gewisser Weise der an Land: Berge und Täler, tiefe Schluchten im felsigen Untergrund, Pflanzen und Tiere in allen Formen und Farben. Fasziniert von diesem herrlichen Panorama rief ich einen Matrosen zu mir, mit dem ich dieses Erlebnis teilen wollte.

„Johann", rief ich, „komm her und sieh dir das an!"

Aber Johann kam nicht. Da rief ich nach Tim. Der kam auch nicht. Wütend drehte ich mich um und schaute über das Deck. Sofort fuhr mir ein Schreck in die Glieder, denn da war niemand. Kein einziger Matrose an Bord, keine Menschenseele auf dem Schiff! Verstört griff ich nach dem Steuerrad. Das konnte nicht mit rechten Dingen zugehen. Niemand kann ein Schiff allein übers Meer bringen, schon gar nicht so ein altes. Inzwischen hatte der Wind aufgefrischt und die See war rauer geworden. Die Wellen schlugen höher und höher, und kaum war eine Minute vergangen, da rollten sie schon turmhoch auf das Schiff zu.

Die Ruder knickten wie Streichhölzer unter der gewaltigen

Kraft des Wassers. Ich sah, wie das Schiff den Wellenberg hinaufgehoben wurde. Fast taub vom Tosen des Meeres, raste ich auf den Wellenkamm zu. An der Spitze tat sich ein Abgrund auf. Meine Hände umklammerten das Steuerrad, das Boot kippte nach vorn, stürzte in einem unmöglichen Winkel in das Wellental hinab und kletterte die gegenüberliegende Seite hinauf. Jetzt verlor das Boot an Fahrt, die letzten Meter bis zum Kamm wollte es nicht mehr schaffen. Und plötzlich war es, als wäre die Zeit stehen geblieben. Wind und Wasser verstummten, das vom Sturm zerfetzte Segel hing leblos am Mast, kein Laut durchbrach die Stille.

Dann ging es weiter, rückwärts hinunter ins Wellental. Mit rasender Geschwindigkeit flog ich durch das Tal und auf der anderen Seite wieder hinauf, aber wieder erreichte ich den Kamm nicht. Und wieder hinunter und hinauf. Jetzt begriff ich. Ich war in einer Pendelbewegung! Ich rückte näher ans Ruder, meine Finger krallten sich ins Holz. Unter mir das kristallklare Wasser und ... aber es war entsetzlich! Da lag ein Mann auf dem Meeresgrund! Ich erkannte ihn sofort, es war der Mörder meiner Tochter, er krümmte sich wie ein Aal und schrie mit riesigem Maul und grässlich verzerrtem Gesicht.

Das Grauen ergriff mich nun vollends, ich zitterte und wimmerte. Mit dem nächsten Pendelschlag stürzte ich auf den Brustkorb des Mörders zu, der mit Händen und Füßen an Pfähle gekettet war. Und nun geschah es: Kreischend bohrte sich der Kiel in den Bauch des Mannes und riss ihn entzwei. Riesige Fleischlappen klafften aus der Wunde, ich geriet in Panik, versuchte über Bord zu springen, aber eine unsichtbare Kraft hielt mich am Ruder fest.

Schon war das Schiff wieder im Rückwärtsschwung und stürzte erneut in das Wellental. Ich griff beherzt nach dem Ruder, aber es war zu spät. Der Aufprall war so heftig, dass die Eingeweide herausquollen. Schluchzend schlug ich mir beide Hände vors Gesicht, es war unerträglich und es gab kein Entrinnen. In meinen Handflächen wiederholte sich die Szene in noch schrecklicheren Bildern. Wie ein Fotograf sein Motiv, betrachtete ich mich selbst in der dritten Person. Das Schiff stürmte über den Wellenkamm und wieder hinunter, und ich sah, wie aus dem geöffneten Bauch des Ungeheuers die Gesichter und Körper junger Buben und Mädchen hervorquollen. Ich riss die Arme hoch und flehte Gott um Hilfe an, aber ich fand dort oben nicht Gott, sondern nur mich selbst. Mein eigenes Gesicht grinste höhnisch auf mich herab! Riesige Taue, die aus der Ferne wie die Fäden eines Marionettenspielers aussahen, wogten zwischen weißgetapten Fingerspitzen. Sie liefen auf Bug und Heck meines Schiffes zu und bewegten es im Rhythmus, den die Hand von oben vorgab. Ich sank auf das Ruder. Ich sah den Krater im Bauch des Mannes und die schreienden Kinder, und dann, mein Gott, sah ich aus ihrer Mitte meine Carolina auftauchen! Sie rief mir etwas zu, aber ich konnte es nicht verstehen. Das Meer tobte, die Wellen peitschten, das Schiff drohte unter den tonnenschweren Wassermassen zu zerbrechen. Schon brach der Großmast entzwei, die Trümmer schlugen auf die Brücke, wie durch ein Wunder blieb ich verschont. Noch einmal blickte ich auf den Meeresgrund, auf Carolina und die anderen Kinder, und ich sah den Mann mit dem offenen Bauch, der an den Ketten zerrte. Aber jetzt war etwas mit seinem Gesicht geschehen, es hatte sich plötzlich verändert! Das war nicht mehr der Mörder, der, der ... das Gesicht ...

Und da begriff ich endlich: Es war meins! Verzweifelt riss sich der Ultor an seinen Ketten vom Meeresgrund los, schrie, bäumte sich auf und sackte schließlich leblos zusammen. Da stieß Carolina ihren Körper, der in meinen Eingeweiden feststeckte, hervor und schrie, dass es mir das Herz zerriss: „Papa, Papa, lass mich los! Lass mich los!"

„Carolina, meine Carolina, bleib bei mir", rief ich in höchster Erregung. Aber so sehr sie auch zog und schlug und zerrte, es gab kein Entkommen vor dem zähen Brei aus Blut und Schleim, der aus meinen Eingeweiden floss.

„Papa, Papa!", rief sie immer wieder, und ihre Augen waren so voller Zärtlichkeit und Liebe, dass ich es kaum ertragen konnte. „Papa, lass mich gehen, lass mich frei!"

KAPITEL 73

In Konstanz fragte der junge Falk den Kommissar, ob die Ermittlungsgruppe angesichts der späten Stunde wirklich noch einberufen werden müsse. Malanin seufzte.

„Was würden Sie tun, wenn Sie an meiner Stelle wären?"

Falk ließ sich einen Moment Zeit, denn er hatte gelernt, dass kluge Antworten selten ad hoc kamen.

„Also, wenn ich überzeugt wäre, dass die Sachlage schnelles Handeln erfordert, um zum Beispiel ein Verbrechen zu verhindern und Leben zu schützen, dann würde ich handeln. Wenn die Lage unvollständig ist, würde ich dafür sorgen, dass die notwendigen Informationen sofort beschafft und ausgewertet werden."

„Vielen Dank, Herr Falk", sagte der Kommissar nachdenklich mit einem Schatten auf dem Gesicht, der nicht von der Antwort des Assistenten herrührte.

„Ich werde noch ein wenig aufräumen, dann können Sie nach Hause gehen."

„Heißt das ...?"

„Ja, ja, gehen Sie nach Hause."

Als Falk die Wache verließ, sah er, dass im Büro des Kommissars das Licht anging.

Und der begann tatsächlich, sich um die wenigen, lose herumliegenden Dinge zu kümmern. Auf dem Schreibtisch lagen zwei Blätter Papier, ein Bleistift, ein Kugelschreiber und ein Radiergummi. Neben dem Papierkorb klebte ein Stück Papier am Boden, und der Aktenschrank stand offen. Auf halbem Weg zu den Ordnern stutzte Malanin, setzte sich an den Schreibtisch und öffnete die Schublade, in der eine Pfeife lag. Er nahm sie heraus und legte sie vorsichtig neben Bleistift, Kugelschreiber und Radiergummi auf den Tisch. Dann nahm er den Papierfetzen vom Boden und legte ihn ebenfalls auf den Tisch. Er stand auf, setzte sich, stand wieder auf und betrachtete die Gegenstände. Er nahm den Kugelschreiber, rollte ihn gegen den Bleistift, legte ihn zurück. Dann schob er Kuli und Bleistift so zusammen, dass sie ein Dach bildeten, und legte den Radiergummi darunter. Er sah unzufrieden aus. Was war mit dem Schnipsel? Wo sollte er hin, welche Figur sollte er in diesem komplizierten Puzzle darstellen? Er nahm ein Blatt Papier von der Ablage und betrachtete das Kreuzdiagramm aus Namenskürzeln, Verbindungslinien und Fragezeichen, das darauf abgebildet war. Alle wichtigen Personen waren darauf verzeichnet: Hans B., der kleine Helfer mit der flinken Zunge, und der große, dümmliche Jan P., der einen solchen Coup sicher nicht planen konnte. Bald wurde auch Marc H. verhaftet, der nach glaubwürdigen Aussagen seiner Komplizen aber nicht der Drahtzieher war.

Die Familie Ultor stand auf der rechten Seite des Blattes. Ungewöhnlich, Opfer und Täter auf einer Ebene zu zeigen, nicht wahr?

Nicht für Malanin. Er dachte an Natalie Ultor, an Amelie und Karl Baltes und an Fred Glaubnich, den Amerikaner, von dem man nichts Genaues wusste.

Und Carolinas Mörder, kam der wirklich als Initiator seiner eigenen Entführung in Frage? Wie um alles in der Welt sollte er das geschafft haben? Malanins Leute hatten jeden Kontakt des Mannes während der Untersuchungshaft katalogisiert, jede freie Minute, jeden Toilettengang rekonstruiert. Nein, das war unmöglich.

Und dann war da noch Martin Ultor, der Mann, der sich so merkwürdig benommen hatte. Er kam als Täter in Frage, daran bestand kein Zweifel, aber wie hatte er es angestellt? Malanin brauchte überzeugende Beweise, die einen Durchsuchungsbefehl rechtfertigten. Er wusste, dass Ultor über den Zeitpunkt der Internierung des Mörders informiert gewesen war, und er wusste, dass er sich am Tag der Entführung in Vorarlberg aufgehalten haben soll. Aber wie lange, das wusste er nicht. Der Beamte auf der Wache erinnerte sich an Ultor, konnte aber keine genaue Uhrzeit nennen. Irgendwann am Nachmittag sei Ultor dort gewesen. Viel zu vage, um den Ermittlungsrichter auf den Plan zu rufen. Und ohne richterlichen Beschluss keine Überprüfung der Kontobewegungen. Malanin war ratlos. Es fehlte der entscheidende Buchstabe, der aus dem scheinbar zusammenhanglosen Zeichenhaufen einen goldenen Namen machte.

Wieder fiel Malanins Blick auf das Stück Papier. Plötzlich griff er danach, kritzelte mit zitternden Fingern ein B darauf und heftete es in die Mitte des Vielecks.

B wie Brugger, Mathilda Brugger, das Punkmädchen, das er am Tag zuvor auf dem Weg zur Berufsschule abgefangen hatte. Sie hatten nur ein paar Worte gewechselt, bevor sie ihn brüsk zurückwies.

„Ohne meinen Anwalt sag ich keinen Ton mehr", hatte sie ihn angeblafft, und er hatte über eine Vorladung nachgedacht.

Aber zwei Dinge hatte Mathilda schon gesagt, Kleinigkeiten, die Malanin jetzt sehr wichtig erschienen. Das Mädchen war im Freiburger Gefängniscafé Schneider mehrmals von einem großen, schlanken Typen angesprochen worden. Und dieser Typ „sah beim zweiten Mal ganz anders aus als beim ersten Mal" und „das war keiner von uns, ich scheiß auf diese Elvis-Typen, der hatte eine Scheißfrisur".

So hatte sich Mathilda ausgedrückt, nicht wahr? Kein Zweifel, das waren ihre Worte.

Oleg Malanin sah nicht aus wie Elvis Presley. Er kannte auch niemanden, der so aussah. Aber jetzt dämmerte es dem Kommissar, wo er „die Scheißfrisur" schon einmal gesehen hatte.

Hatte dort oben, an der Eingangstür des denkwürdigen Ferienhauses inmitten der majestätischen Tessiner Bergwelt, nicht eine schwarze Lederjacke auf einem wunderschön gearbeiteten, fünfarmigen Kleiderständer aus edelstem Kirschbaumholz gehangen, und war dort oben links, in Höhe des Kragens, nicht etwas zum Vorschein gekommen, was dort nicht hingehörte? Etwas Faseriges, auffallend lang und glatt, von tiefschwarzer Farbe? – Natürlich, es waren Haarsträhnen, durchzogen von einer merkwürdigen Linie, wahrscheinlich einer Naht, die man gemeinhin als Scheitellinie bezeichnet; die Scheitellinie einer hochwertigen Perücke nämlich, die, täuschend echt, einem jungen, lebenshungrigen Mädchen wie die altmodische Frisur eines großen Rockstars hätte vorkommen können.

In höchster Erregung griff der Kommissar zum Telefon.

KAPITEL 74

Natalie Ultor hörte die Stimme wie durch einen schweren Vorhang. „Hier ist Malanin, Kommissar Malanin. Was befindet sich im Hinterzimmer Ihres Ferienhauses im Tessin?"

„Was?", fragte Natalie verwirrt, „ich verstehe nicht ..."

„Was ist in dem Zimmer hinter der Küche?"

„Nichts ... Ich weiß nicht, was ..."

„Was ist in dem Zimmer hinter der Küche?", bellte Malanin. „Wie wird es genutzt?"

„Ein Abstellraum ist es, ein paar Stühle sind drin, Putzmittel, ein paar alte Bilderrahmen, ich weiß es nicht mehr genau."

„Ein Zimmer für Carolina?"

„Nein, sie hatte kein eigenes Zimmer, sie hat bei uns auf der Galerie geschlafen."

„Kann es sein, dass Ihr Mann dort Sachen von Carolina aufbewahrt, zum Beispiel aus dem Kinderzimmer in Ihrem Haus in Konstanz?"

„Warum, nein, das glaube ich nicht."

„Glauben Sie es nicht oder wissen Sie es nicht?"

„Doch, Herr Kommissar, ich weiß es; ich weiß es, weil ich gestern zu Hause war. In Carolinas Zimmer ist alles noch so, wie..."

„Es war?", unterbrach der Kommissar, „so wie Sie es mir neulich beschrieben haben, alles unverändert?"

Natalie schluchzte: „Ja."

„Danke, Frau Ultor", sagte Malanin, „vielleicht ist es noch nicht zu spät. Ich muss jetzt los, mein Kollege Falk wird Ihnen morgen alles erklären. Gute Nacht!"

KAPITEL 75

Um zwei Uhr morgens hatte sich das Ermittlerteam um Oleg Malanin vollständig im Kommissariat versammelt. Der

Kommissar informierte über die neuesten Entwicklungen im Fall Ultor. Wenig später stand fest, dass Martin Ultor, der Vater des ermordeten Mädchens, Ludwig G. in seine Gewalt gebracht haben musste. Es musste sofort gehandelt werden. Die wichtigsten Telefonate führte Malanin selbst, die Kollegen hörten aufmerksam zu. Kurz nach drei Uhr traf der Staatsanwalt ein, um halb vier war der Durchsuchungsbefehl für das Haus Ultor im Tessin ausgestellt. Währenddessen telefonierte Malanin mit den Schweizer Kollegen, denn er brauchte die Zugrifferlaubnis aus der Schweiz. Die Zusammenarbeit zwischen den deutschen und schweizerischen Polizeibehörden gilt als vorbildlich, dennoch begann sich das Verfahren an dieser Stelle zu verzögern. Natürlich hatte Malanin noch keine Zeit gehabt, seinen Schweizer Kollegen die Hintergründe des Falles im Detail zu erläutern. Wie hätte er auch? Der Besitz eines Wochenendhauses in der Schweiz ist auch für Ausländer völlig legal. Zudem war es vier Uhr morgens, und die diensthabenden Kollegen im Tessin zögerten, ihre Vorgesetzten, die über den Fall zu entscheiden hatten, aus den Betten zu reißen, zumal sie aus der Fülle der Informationen, die sie nun so plötzlich und dringend erhielten, nicht recht erkennen konnten, worauf die Dringlichkeit des Eingreifens eigentlich beruhte. Für Maurizio Fabi, einen braven Tessiner Polizisten und Grenzwächter, waren ein verdächtiges Verhalten, eine Perücke auf dem Garderobenständer und eine Lüge des Herrn Ultor über die Nutzung des Hinterzimmers seines Ferienhauses keine stichhaltigen Beweise für dessen Rolle als Drahtzieher der Entführung eines international gesuchten Kindermörders, zumal der dritte Entführer, der weiterhin als Hauptverdächtiger in diesem Fall zu gelten hatte, sich noch immer auf freiem Fuß befand. Die Aussage der beiden Mittäter wollte Fabi hier nicht gelten lassen. Schließlich sei es doch ganz einfach und aus Sicht der Verbrecherbande sinnvoll, einen Dritten, bzw. einen unbekannten Vierten vorzuschützen usw. usf.

Gegen sechs Uhr morgens machte sich Malanin auf den Weg in die Schweiz. Er hoffte, dass seine Anwesenheit vor Ort noch etwas bewirken würde.

KAPITEL 76

Malanin fuhr direkt nach Bellinzona. Noch lange spürte er das mulmige Gefühl, als er die Ausfahrt 45 in Richtung Bellinzona verließ. Er hätte nach Arbedo-Castione fahren sollen, die Via alle Cascine hinauf nach Monti di Cò, wo auf halbem Weg zum Gipfel das Ferienhaus der Ultors stand. Aber es gab kein Zurück. Ohne grünes Licht aus Bellinzona war ein Zugriff schlichtweg unmöglich. Immerhin gibt es mit dem Castello di Sasso Corbaro eine hübsche Dauerherberge für verwirrte Menschen wie Herrn Ultor, dachte Malanin, als er mit zwei Kollegen im Schlepptau die Treppe zum Sitz der Tessiner Kantonspolizei hinaufstieg. In alten Festungen gibt es doch so imposante Gefängnisse!

Das Vieraugengespräch mit Herrn Fabi verlief gut. Nach einer Stunde intensiven Studiums der vorliegenden Fakten schien Fabi einer Verhaftung von Herrn Ultor durchaus positiv gegenüber zu stehen. Es war gegen 11 Uhr vormittags. Malanin war bereits auf dem Weg nach draußen, in Erwartung der unmittelbar bevorstehenden Zustimmung der Schweizer Behörden, als Fabi ihn zurückrief: „Einen Moment bitte, Herr Kollege. So schnell geht es leider nicht".

„Herr Fabi, ich verstehe nicht. In dieser Angelegenheit ist dringender Handlungsbedarf gegeben. Wir dürfen keine Zeit verlieren!"

„Lieber Kollege Malanin", antwortete der Angesprochene freundlich. „Wir dürfen keine Zeit verlieren, und das tun wir auch nicht. Aber wie Sie sicher wissen, bedarf diese Aktion der Genehmigung des Dienstvorgesetzten."

Malanin wurde blass, schwieg aber.

„Und das ist der Herr Polizeipräsident Conetti, der mich heute Morgen vor seiner Abreise nach Bern gebeten hat, mich um diese Angelegenheit zu kümmern, sie aber keinesfalls ohne Rücksprache zu entscheiden. Ich werde den Herrn Präsidenten jetzt informieren, er müsste inzwischen auf dem Rückweg nach Bellinzona sein".

Fabi griff zum Telefon, wurde mit dem Präsidenten verbunden und informierte ihn über den Stand der Dinge. Malanins Nerven lagen blank. Er kannte Conetti nicht und wusste nicht, ob dieser, ohne sich persönlich mit der Sache befasst zu haben, am Telefon entscheiden würde. Fabi drehte den Stuhl vom Telefonapparat weg, damit Malanin sein Gesicht nicht sehen konnte. Eine Minute unerträgliches Schweigen folgte.

Schließlich legte Fabi auf: „Sie werden verstehen, Herr Kollege, dass sich der Herr Präsident persönlich ein Bild von der Lage machen möchte. Er wird voraussichtlich in zwei Stunden hier eintreffen. Es sind übergeordnete Überlegungen, die er anstellen muss. Im Falle eines Scheiterns könnte das unberechtigte Eindringen des Staates in die Privatsphäre ausländischer Mitbürger sehr unangenehme Folgen haben. Der Präsident grüßt Sie und freut sich auf ein baldiges Zusammentreffen".

Aus zwei Stunden wurden drei. Malanin sprach kein Wort. In seinen Augen schimmerte ein fahles Licht, das untrügliche Zeichen seiner Unzufriedenheit. Die deutschen Kollegen waren inzwischen vor die Tür gegangen und rauchten. Ab und zu kam ein Schweizer vorbei, man grüßte sich freundlich, kam aber nicht ins Gespräch, so dass die Zeit unendlich langsam verging.

Schließlich fuhr ein schwarzer Mercedes vor. Alles hing von der Person ab, die aussteigen würde.

Die Tür öffnete sich, und heraus trat ein etwa fünfzigjähriger Mann mit einem römischen Schädel, fast wie eine Büste, der auf einem jugendlich schlanken Körper saß. Mit dem raumgreifenden Schritt des machtbewussten Herrschers nahm er in zwei großen Sätzen die Treppe und streckte Malanin die Hand zum Gruß entgegen.

Drei Worte besiegelten den Entschluss. „Wir machen es."

Als sich die Einsatzfahrzeuge in Bewegung setzten, stand die Sonne schon tief. Der Feierabendverkehr hatte bereits eingesetzt, wegen des drohenden Zeitverlustes wurden die Martinshörner eingeschaltet. Außerhalb der Stadt beschloss man, die Fahrt in aller Stille fortzusetzen, um Ultor nicht zu früh zu warnen. Wie eine riesige Boa schlängelte sich die Kolonne die Bergstraße hinauf. Malanin sah auf die Uhr. Es war halb sieben.

KAPITEL 77

Ich erinnere mich an dieses Bild: Ich stehe an der Nagelwand, meine Hand liegt auf den Nagelspitzen, und dann das Entsetzen im Gesicht des Mörders, der erkannte, dass ich im Begriff war, meine eigene Hand bis aufs Blut in die Nägel zu pressen. Er starrte mich mit angsterfüllten Augen an, seine Lippen bebten, und es war, als bete er wortlos zu einem sterbenden Gott.

„Warum musste Carolina sterben, sag es mir, ich will es

wissen!" Die Frage kam überraschend, irgendwie war sie mir fremd, sie klang traurig, als hätte sie ein anderer gestellt, und in der vagen Vorahnung, dass sie unbeantwortet bleiben würde, hielt ich sie für sinnlos.

Der Gefangene stöhnte. „Die Zeit ist gekommen. Eschaton ist da, die Enthüllung der letzten Dinge steht bevor. Mein Gott, ich ... warum ..."

„Warum musste Carolina sterben?", wiederholte ich laut und entschlossen. Aus der Schwäche des Mannes schöpfte ich Kraft. Der Augenblick, in dem mein Werk vollendet sein würde, stand unmittelbar bevor.

„Ich, ich habe sie geliebt und liebe sie immer noch. Ich habe sie beobachtet, wochenlang, auf dem Schulhof, auf dem Heimweg. Sie war so schön, ich habe sie ausgesucht. Ich ging in die Schule und nahm Sachen von einer Mitschülerin mit. Eine Jacke, einen Turnbeutel, Hausschuhe. Carolina ging nach Hause, ich folgte ihr im Auto, in einer ruhigen Seitenstraße hielt ich an. Ich rief nach ihr, wedelte mit Paulas Jacke. Ich gab mich als Paulas Onkel aus, erklärte, dass ich die beiden zusammen gesehen hätte und deshalb wüsste, wer sie, Carolina, sei. Paula und ich hätten uns verpasst, und da ich zurück zur Arbeit müsse, würde ich sie – Carolina – bitten, die Sachen für Paula mitzunehmen. Carolina ging zum Auto. Sie hatte keinen Grund, misstrauisch zu sein. Sie wusste, dass Paula manchmal abgeholt wurde, von verschiedenen Leuten. Ich reichte ihr die Jacke, sagte ihr, dass die Schuhe noch im Kofferraum seien und sah mich um, es war niemand in der Nähe. Ich öffnete die Heckklappe, Carolina beugte sich vor, ich sah ihre Hände, wunderschöne, weiche Mädchenhände, die nach den Schuhen griffen, und dann ... dann kam es einfach über mich ... ich stieß sie in den Kofferraum und ... oh mein Gott, ich habe gesündigt, ich schäme mich zutiefst. Gott steh mir bei ..."

„Du gottverdammter Scheißkerl!"

„Sie weinte und ich tröstete sie. Ich trocknete ihre Tränen, ich öffnete mich ihr. Aber sie lachte, laut und schallend lachte sie, und es war, als stimmten tausend schwarze Mäuler in den Spott ein. Sie hat mich verhöhnt, Ultor! Ich sah Carolina an. Welch verschlagener, listiger Blick! Ich blickte in die Augen einer erwachsenen Frau. Und wie sie mich so ansah, war ich plötzlich ganz nackt und verletzlich, und sie packte mich am ... am ... und zog so fest, dass ich vor Schmerz aufschrie. Aber sie lachte, und alle lachten, Carolina und die schwarzen Mäuler!

Ich zitterte am ganzen Körper. Vor mir lag ein Tunnel ohne Licht und Ausgang; ich packte die Schlange am Hals und drückte, drückte, drückte ... nun schweig endlich du Ausgeburt der Hölle, nun laß mich endlich in Frieden!"

Dann ließ ich den Klammergriff los und taumelte zurück. Da lag das Mädchen wie ein Engel. Und als ich sah, dass dieser Engel für immer schlief, packte mich das Grauen. Ich nahm das Messer und hielt es an meine Brust, entschlossen, mich in die scharfe Klinge zu stürzen. Aber es gelang mir nicht. Die Dämonen befahlen mir zu leben und den Leidensweg bis zum bitteren Ende zu gehen.

Hätte mich doch nur die Polizei gestellt! Ein Schuss in den Kopf, und alles wäre gut gewesen. Aber niemand kam uns zu Hilfe, niemand! Ich sah das schöne, heilige Kind und hüllte es in Blumen, damit seine Seele gerettet würde. Ich flocht einen Kranz aus Rosen und bereitete ein Bad aus Blütenessenzen, in das ich sie tauchte...".

Der Mörder beendete den Satz nicht. Blind vor Hass packte ich seine Kehle und drückte sie mit aller Kraft zu.

KAPITEL 78

Unter dem Druck meiner Hände schwoll der Kopf zu einem Ballon an, die Adern an Stirn und Hals traten hervor, und diese schrecklichen Augen, die sich im fahlen Licht der Kammer brachen und zuletzt gelbrot aus ihren Höhlen quollen, flehten um Erbarmen.

Plötzlich hörte ich eine Stimme aus der Ferne, die immer lauter und eindringlicher wurde. Es war die Stimme aus dem schrecklichen Traum: „Papa, Papa, lass mich los! Lass mich los!", rief sie, und sie hallte in meinen Händen wider, in meinen blutig krampfenden Fingern! Ich erschrak zutiefst, lockerte den Würgegriff und bemerkte endlich den sich wie ein Wurm windenden Mann, der unter dem Eindruck der herannahenden Nägel, die nur Millimeter von seinem Brustkorb entfernt nun drohten, sich in sein Fleisch zu bohren, in diesem Augenblick von der alles zermalmenden Todesangst überwältigt wurde. Ein gellender Schrei erfüllte den Raum, ein schrilles, markerschütterndes Kreischen wie von panischen Affen hallte von den Wänden wider, und dazwischen das Flehen meiner Tochter.

„Lass mich los", flehte sie ein letztes Mal, und da ergriff ich die Axt und schlug sie wie von Sinnen in die Wand, in das Nagelbrett, in den Tisch, in den Stuhl.

„Ich lasse dich los, Carolina, ja, ich lasse dich los", schrie ich endlich und riss das Stromkabel aus der Wand.

Der Schlitten stand still, die Welt war stehen geblieben.

Ich weiß noch, wie ich schreiend die Straße hinunterrannte, direkt in die Fänge einer riesigen Schlange. Ihre Augen blitzten hell, dann spürte ich einen harten Schlag gegen meine Beine und verlor das Bewusstsein.

KAPITEL 79

Unter dem Eindruck der Helligkeit kam ich wieder zu Bewusstsein. Neonlicht fiel von der Decke des spärlich mit einer Pritsche, einem Tisch und zwei Stühlen eingerichteten Raumes. Ich sah einen Mann mit grauem Haar und Schnurrbart. Er unterhielt sich mit jemandem, dem hellen Klang der Stimme nach eine Frau. Sie bemerkte meine aufgerissenen Augen und hielt sofort inne. Die Frau griff nach meinem Handgelenk, der Mann hielt mir eine Lampe ans Auge. Ich fühlte mich seltsam. Ich spürte eine ganz andere Schwere als in den letzten Tagen und Wochen. Verwirrt sah ich mich um.

„Wo bin ich?"

„Alles in Ordnung, Herr Ultor, Sie sind hier in guten Händen. Ruhen Sie sich noch etwas aus. Sie haben eine anstrengende Zeit hinter sich."

Noch einmal: „Wo bin ich?"

„Sie sind im Krankenhaus. Ruhen Sie sich jetzt aus."

Während der Mann sprach, füllte die Frau eine gelbe Flüssigkeit in den Tropf. Die Wirkung ließ nicht lange auf sich warten. Ich schlief wieder ein.

Als ich aufwachte, hing ein Bild an der Wand, das vorher nicht da war – ein Nachdruck von Monets Frühlingserwachen. Man hatte mich verlegt. Obwohl das Zimmer offensichtlich im Erdgeschoss lag, war das Fenster von innen verriegelt. Offenbar hielt man eine Selbstentlassung nicht für wünschenswert. Irgendwann ging die Tür auf und drei Ärzte kamen herein. Den Grauen mit dem Bart kannte ich schon, die beiden anderen trotteten hinterher. Ein kurzer Blick durch die angelehnte Tür ließ erahnen, dass draußen noch weitere Personen standen. Zwei von ihnen waren uniformierte Polizisten.

Während meines dreiwöchigen Aufenthalts in der Psychiatrie wurde ich gründlich aufgeklärt. Ich war im Zustand höchster psychomotorischer Erregung eingeliefert worden und musste zunächst akutpsychiatrisch behandelt werden. Dank der hervorragenden Zusammenarbeit mit der Polizei habe man die Situation schnell unter Kontrolle gebracht. So sei schon nach wenigen Tagen keine Fremdgefährdung mehr von mir ausgegangen, und in Suizidgefahr habe man mich ohnehin nicht gesehen.

Kommissar Malanin sei zweimal vorbeigekommen und habe sich, als ich schlief, eine Weile an mein Bett gesetzt. Eine Krankenschwester meinte, ich hätte es ihm irgendwie angetan.

Aber Malanin kam nicht wieder. Als ich nach zwei Wochen für vernehmungsfähig erklärt wurde, übernahm ein anderer die Befragung. Ich gab bereitwillig Auskunft. Ich hatte nichts zu verbergen. Aber die wahren Motive, die mich zu dieser Tat getrieben hatten, blieben im Dunkeln. Ich wusste einfach nichts dazu zu sagen.

Irgendwann bekam ich Besuch. Der Auftritt von Karl und Amelie war unspektakulär. Nur eine Bemerkung weckte mein Interesse. Offenbar hatte die merkwürdig symbolische, fast theatralische Inszenierung des Tatortes, der an rituelle Begräbnisstätten erinnerte, einige Leute zum Nachdenken gebracht.

Das Blumenkleid, der Kranz und die Schwertlilien, überhaupt die ganze Inszenierung erinnerten ihn an Andersens Märchen von den wilden Schwänen, sagte der behandelnde Psychiater. In den elf Rosen wollte er die Söhne des Königs erkannt haben, die, von einer Hexe in Schwäne verwandelt, schließlich von ihrer Schwester Elisa erlöst wurden. Der Arzt spekulierte, dass Ludwig G., der sich nach Befreiung von „seinen Dämonen" sehnte, zunächst in die Rolle der verzauberten Brüder schlüpfte, dann aber, in schrecklicher Verkennung

Carolinas als erwachsene Frau und Mutter, von der zerstörerischen Kraft seines Zorns überwältigt wurde. Die Tötung des Mädchens wurde für G. zum Symbol für die Vernichtung der eigenen Mutter. Als er sich schließlich seiner schrecklichen Tat bewusst wurde, habe er, zutiefst beschämt und von quälenden Schuldgefühlen geplagt, das gleiche gute Ende wie im Märchen herbeiführen wollen und schließlich die Rolle des Königs übernommen, der die weiße Blume zerbrach, die Elisa, rein und schön und unschuldig wie eine Schwertlilie, wieder zum Leben erweckte.

Ich weiß nicht, was ich davon halten soll. Wilde Schwäne, funkelnde Prismen und Lichtwesen ... Eine metaphorische Erschließung der inneren Welt dieses Kranken, der, lebendig aufgefunden und nach kurzem Krankenhausaufenthalt wieder in Haft, nun ausgiebig nach seinen Motiven befragt werden kann, wird sich wohl anbieten. Ob dabei etwas Brauchbares herauskommt? Wer kann das mit Sicherheit sagen?

Als Karl und Amelie weg waren, überkam mich jedenfalls der Gedanke, dass ich sie so schnell nicht wiedersehen würde. Meine Tat hatte eine Mauer der Scham zwischen uns errichtet. Mit einem gewöhnlichen Kriminellen hätte man vielleicht noch umgehen können, aber ich war kein gewöhnlicher Krimineller. Ich war verrückt.

Und Natalie? Sie begegnete mir mit Milde, vielleicht sogar mit Nachsicht. In ihren Augen lag Verständnis, aber vor allem tiefe Trauer. Es ist müßig, den Inhalt unserer Gespräche wiederzugeben. Es genügt zu sagen, dass sie gut waren.

KAPITEL 80

Ich kam in Untersuchungshaft. Dort wurde mir ein Anwalt zur Seite gestellt, ein Pflichtverteidiger, ich habe darauf verzichtet, einen eigenen Anwalt zu bestellen. Er ist ein netter junger Mann, sehr bemüht und auch nicht dumm. Er wird Karriere machen. Aber mit mir hat er es nicht leicht. Nicht selten wirft er mir Gleichgültigkeit gegenüber der Strafe vor. Das könne doch nicht sein, sagt er, schließlich sei meine Gemütsverfassung zur Tatzeit außergewöhnlich gewesen, und das sei so offensichtlich, dass das Gericht nicht umhin könne, diese Umstände strafmildernd zu berücksichtigen. Das müsse also unsere Strategie sein.

Aus juristischer Sicht mag der Mann Recht haben, und ich gab ihm Recht. Er freute sich, aber die Freude währte nicht lange. Wie sollte sie auch, unter all den verächtlichen Blicken, die der Mann von mir erhielt und die ihn ins Herz trafen?

Auch wenn der Anwalt es nicht wahrhaben will, so sollen Sie es wenigstens wissen: Die Strafe ist mir gleichgültig, sie geht mich nichts an. Sollen sie mit mir machen, was sie wollen!

Sie sollen mich nur anhören und die ganze Wahrheit erfahren. Sie sollen eintauchen in die Liebe und das Leid eines Vaters, in das Schicksal eines Menschen, der seine Seele verloren hat im Kampf um Gerechtigkeit und Sühne für den Tod seiner geliebten Tochter.

Was kann ich, was soll ich jetzt tun, wo es um mein Leben geht, um die einzige Chance, meinen von Hass und Ohnmacht zerrissenen Lebensfaden wieder neu zu knüpfen? An den losen Enden dieses Fadens hängt mein Schicksal, so wird es wohl sein. Jetzt muss ich nur noch zusehen, dass ... aber halt!

Drüben geht die Tür auf. Sie rufen meinen Namen. Es ist so weit.